Theresa Pendelin

Das Schicksal der Wassergeister

Theresa Pendelin

Das Schicksal der Wassergeister

Band 1

1.Auflage 2023
Veröffentlicht als Selfpublisher bei Amazon KDP
ISBN: 9798865826347

Korrektorat by www.pergamentundfederkiel.de
Coverdesign by www.davinascoverdesign.com

Triggerwarnung auf Seite 265

Für alle, die an mich geglaubt haben. Dank euch habe ich nicht aufgegeben.

1.
Das Abschiedsfest
Livia

Meine Füße baumelten im eisigen Nass. Die Wasseroberfläche des Teiches glitzerte im Licht der Sonne und der Wind schlug sanfte Wellen. Wehmütig beobachtete ich die kleinen, bunten Fische, die darin hin und her flitzten, und lauschte dem Gesang der Vögel.

»Na, vermisst du ihn schon?«, ertönte Freyas Stimme hinter mir und riss mich unsanft aus meinen Tagträumen. Sie setzte sich neben mich an den Steg und warf sich ihren langen, blonden Zopf über die Schulter.

»Du meinst den Teich? Ja, irgendwie schon«, gestand ich und sah in die himmelblauen Augen meiner besten Freundin.

Ein sanftes Lächeln umspielte ihre Lippen. »Ach, Liv, wir können uns endlich die Welt ansehen. Es gibt bestimmt noch unzählige Orte, die mindestens so schön sind, wenn nicht sogar noch schöner. Vertrau mir.«

Ich seufzte und zog meine nackten Füße aus dem Wasser. Sie schmerzten bereits vor Kälte.

»Klar gibt es die«, sagte ich. »Aber an keinen sind so viele Erinnerungen geknüpft wie an diesen.«

Mein Blick glitt in die Ferne und blieb an einem mit Moos bewachsenen Baumstumpf hängen.

»Also, was ich dich eigentlich fragen wollte …«

»… ob ich endlich das Buch fertig gelesen habe, ich weiß«, unterbrach ich sie und grinste. »Es liegt auf meinem Nachttisch, du kannst es dir holen.«

»Oh, Gott sei Dank!«, sagte sie und fasste sich theatralisch ans Herz. »Ich brauche dringend Ablenkung. Die Aufregung wegen übermorgen macht mir echt zu schaffen.«

Ohne ein weiteres Wort zu verlieren, drückte sie mich, sprang auf und lief über den Steg zum Ufer und die kleine Böschung hinauf zurück in unser Dorf. Das mit den Büchern war so ein Ding. Gemeinsam mit Kleidung, Nahrung und Pflegeprodukten kamen sie einmal im Monat mit einer Lieferung der Regierung aus der *echten Welt* zu uns in den Wald. Die Bücher waren sehr beliebt, denn sie waren so ziemlich die einzige Möglichkeit, ein wenig von dem Leben außerhalb des Waldes zu erfahren.

Der Wind wurde kühler und ich schlüpfte in meine Schuhe. Meine Mutter wartete bestimmt schon mit dem Abendessen auf mich.

Das rege Treiben auf dem Hauptplatz ließ mich innehalten. Nun, als das Ende von all dem hier so nah war, erwischte ich mich des Öfteren, wie ich mir all die Szenerien bewusst ansah, um sie auch ja nie zu vergessen. Die vielen vertrauten Gesichter saßen in den üblichen Gruppen zusammen und unterhielten sich. Hühner wuselten umher und ein paar der Kinder planschten noch am Brunnen, völlig unbeeindruckt von den frischen Frühlingstemperaturen. Bald würden all diese Bilder, die ich mein Leben lang gesehen hatte, der Vergangenheit angehören und so nicht mehr existieren. Mein Herz wurde schwer und eine Welle der Traurigkeit überkam mich wie so oft in den letzten Tagen. Doch wie jedes Mal schaffte ich es, diese Melancholie mit Freude zu überdecken. Was uns bevorstand, war Freiheit. Freya hatte recht. Diesen Ort hinter uns zu lassen, bedeutet nicht nur, etwas Wundervolles aufzugeben, sondern auch die Chance auf noch so viel mehr zu nutzen, was das Leben zu bieten hatte.

Ich wusste nicht, wie lange ich dort gestanden und meinen Gedanken nachgehangen hatte, doch die Sonne verschwand hinter den Tannenspitzen, es wurde allmählich dunkel und das Geschrei der Kinder am Brunnen war verklungen.

Ich betrat unsere Hütte und der Duft von gekochten Kartoffeln stieg mir in die Nase. Mein Magen zog sich brummend zusammen. Erst jetzt merkte ich, wie hungrig ich eigentlich war. Meine

Mutter stand in der Küche und füllte zwei Holzschüsseln mit Suppe.

»Hey, Livi«, sagte sie und blickte auf. »Jari war vorhin hier. Er wollte, dass du ihm morgen bei Sonnenaufgang bei den Vorbereitungen für das Fest hilfst«, redete sie gleich drauflos. Hörbar ausatmend ließ ich mich auf den Stuhl fallen. Die sturmgrauen Augen meiner Mutter ruhten auf mir. Jedes Mal wieder löste dieses Thema Übelkeit in mir aus.

»Er lässt wohl nichts unversucht.« Ich seufzte.

Vorsichtig stellte sie die dampfenden Schüsseln auf den Tisch und setzte sich zu mir.

»Jetzt tu nicht so, als wäre es der Weltuntergang. Er ist doch ein netter Kerl, du musst ihm langsam mal verzeihen«, sagte sie mit erstem Blick.

»Ich glaube nicht, dass ich das kann«, widersprach ich. »Dass es nicht einfach für ihn war, als ich mich für Flynn entschieden habe, verstehe ich ja. Das nehme ich ihm nicht übel. Auch nicht, dass er mich die drei darauffolgenden Jahre ignoriert hat. Das kann ich nachvollziehen. Aber sein Verhalten letztes Jahr, als Flynn am Tempel stationiert wurde und ... und mit mir Schluss gemacht hat, war echt das Letzte.« In meinem Hals bildete sich ein Kloß. Nach all der Zeit konnte ich die Enttäuschung darüber immer noch nicht ruhen lassen. »Zu denken, nachdem Flynn fort war, hätte er eine Chance bei mir … Ich dachte, er wäre wieder nett gewesen, weil ich ihm leidgetan habe, weil er als Freund für mich da sein wollte. So, wie er es früher auch getan hat. Dabei hat er mich bloß für sich gewinnen und den Bruch mit Flynn ausnutzen wollen.«

»Das weiß ich doch. Aber Livi, es ist inzwischen ein ganzes Jahr vergangen, in dem er sich vergebens um dich bemüht und seinen Fehler bestimmt eingesehen hat. Ich sage ja nicht, dass ihr wieder Freunde werden müsst, aber es wäre doch schön, ihm zum Abschied noch eine Chance zu geben, sich zu erklären, um die Wogen zwischen euch zu glätten und im Guten auseinanderzugehen. Wäre doch schade um all die Jahre eurer Freundschaft vor dem ganzen Drama. Meinst du nicht?« Sie griff nach dem Körbchen am Tisch und streute sich ein paar der getrockneten Ringelblumen über das Essen.

Lustlos rührte ich mit dem Löffel in der Suppe. Sie mochte ja recht haben, aber wirklich anfreunden konnte ich mich mit dem Gedanken noch nicht.

Nach dem Essen räumten wir gemeinsam die Küche auf und löschten das Feuer im Kamin. Strom stand uns hier im Wald nur sehr begrenzt zur Verfügung.

»Mach dir nicht zu viele Sorgen wegen unseres Aufbruchs. Es wird alles gut gehen«, sagte meine Mutter, ehe sie mir einen Kuss auf die Stirn drückte und mit der Öllampe in ihrem Schlafzimmer verschwand. Aber sich keine Sorgen zu machen, war nicht so einfach. Lange lag ich noch im Bett und starrte auf die Vergissmeinnicht, die über mir im schwachen Schein des Mondes von der Decke baumelten. Die letzten beiden, die das Dorf ohne Erlaubnis der Regierung verlassen wollten, trieben drei Tage später leblos an der Oberfläche des großen Sees unweit von hier. Gänsehaut überkam mich. Die Sache hatte den Dorfbewohnern damals einen ordentlichen Dämpfer verpasst. Man hatte uns deutlich in Erinnerung gerufen, dass wir nicht frei waren, dass es nicht unsere eigene Entscheidung war, hier zu leben. Wie eine dunkle Wolke hatte sich das Gefühl, eingesperrt zu sein, über uns gelegt und selbst diejenigen, die fest davon überzeugt gewesen waren, ihre Heimat nie verlassen zu wollen, wurden fortan von Zweifeln geplagt. Aber nun hatten wir diese Erlaubnis bekommen und wir würden eine Freiheit erlangen, die uns bisher verwehrt geblieben war. So richtig konnte ich es immer noch nicht glauben.

Die Sonne blinzelte hinter den Baumwipfeln hervor und ich war auf dem Weg zur Scheune. Wie so oft hatte meine Mutter es geschafft, mich zu überzeugen. Ich lief zwischen all den kleinen Holzhütten hindurch, deren Außenwände dicht mit Efeu bewachsen waren, und kam vor dem besagten Gebäude zum Stehen. Im Grunde war dies nur eine riesige Halle, in der all die Vorräte, die man uns aus der *echten Welt* zukommen ließ, gelagert wurden und für jeden hier aus dem Dorf frei zugänglich waren. Die meisten dieser Nahrungsmittel wurden allerdings kaum genutzt, denn wir bewirtschaftete mit Leidenschaft die wenigen Felder auf der benachbarten Lichtung.

Jari stolperte mit einer großen Holzkiste aus der Scheune und seine Augen weiteten sich, als er mich sah. »Du bist wirklich gekommen«, stellte er fest. »Hätte ich nicht gedacht.«

»Pass lieber auf, dass ich nicht gleich wieder verschwinde«, sagte ich, griff mir aber ebenfalls eine der verschlossenen Kisten, die überraschend leicht war, und folgte ihm damit zum Hauptplatz. Hier würde das Fest stattfinden und es waren bereits viele fleißige Hände mit dem Aufbau der Tische beschäftigt. Isabell, eine der älteren Damen, war dabei, Girlanden zu entwirren, und erblickte uns.

»Ah, Livia, du bist auch hier? Sehr schön, du und Jari, ihr könnt die Matten für die Kinderspielburg aus den Trainingsräumen holen.«

Wir stellten die Kisten ab und machten uns gleich auf den Weg zum Ausbildungshaus.

Eine unangenehme Stille lag zwischen uns und ich wusste nicht recht, wie ich mich verhalten sollte. Wieso hatte ich auch gedacht, es wäre eine gute Idee, mich darauf einzulassen? Immer wieder sah er mich verstohlen an, öffnete den Mund, um etwas zu sagen, aber schloss ihn wieder, ohne ein Wort hervorgebracht zu haben. Etwas lag ihm auf der Seele und ich war mir nicht sicher, ob ich es hören wollte. Wir erreichten die große Hütte am Rand des Dorfes. Die Türen der Klassenräume im Erdgeschoss standen alle offen und auf den Tafeln waren noch Zahlen und Großbuchstaben vom Unterricht der Kleinen zu sehen. Die oberen Räume hingegen wurden in den letzten Jahren nicht mehr genutzt. Ich war eine der Letzten gewesen, die eine Ausbildung zur Wächterin machen mussten.

»Weißt du noch, als uns damals erklärt wurde, wie ein Wassergeist aussieht, und du ununterbrochen kichern musstest, weil die dazugehörige Zeichnung an der Tafel alles andere als furchteinflößend war?«, bemühte sich Jari um ein lockeres Gespräch. Nicht gerade das, was ich erwartet hatte, aber ich spielte mit. Dann taten wir eben so, als wäre alles normal zwischen uns.

»Zu meiner Verteidigung, ich war nicht diejenige, die damit angefangen hat, das war Freya.«

Die Erinnerung daran brachte mich tatsächlich zum Lachen und ich stolperte über die Stufe vor meinen Füßen, konnte aber einen Sturz gerade noch verhindern. Wir erreichten den Dachboden und damit auch die alten Trainingsräume. Eine Gruppe von Tauben geriet in Aufruhr und verschwand flatternd und gurrend durch ein offenes Fenster nach draußen.

»Was war das doch für eine verrückte Zeit, als wir jeden zweiten Tag hier hochkommen mussten und so taten, als würden wir Wassergeister bekämpfen«, sprach ich meine Gedanken aus, strich mit dem Finger über einen Turnbalken und betrachtete die dicke Staubschicht, die daran haften geblieben war. Jari war am anderen Ende des Raumes angelangt und wischte ein paar Spinnweben zur Seite, die ihm im Weg waren.

»War eigentlich schon ein hartes Training«, sagte er und verzog beim Anblick der Menge an Taubenkot auf den Matten angeekelt das Gesicht.

Ich schmunzelte. »Viel zu hart, wenn man bedenkt, dass all die Zeit, die wir in diverse Kampfmethoden investieren mussten, völlig umsonst gewesen ist«, stimmte ich ihm zu.

Zu zweit hoben wir eine der Matten an und ich musste zu meinem Leid feststellen, dass sie schwerer war, als sie aussah.

»Schaffst du's?« Eine sorgenvolle Falte bildete sich auf seiner Stirn.

Ich stützte die Matte mit meinem Knie, um besser greifen zu können, und presste ein »Ja« hervor.

Vorsichtig trugen wir eine nach der anderen die Treppe hinunter und es dauerte noch eine Weile, bis wir alle zum Hauptplatz geschleppt hatten. Atemlos und schweißgebadet ließen wir die letzte auf den Boden zu den anderen fallen. Isabell hatte es inzwischen geschafft, das Girlandenchaos zu bewältigen und sie an den Hütten aufzuhängen. Ohne uns eine Pause zu gönnen, schickte sie uns in den Wald zum Sammeln dekorativer Pflanzen für die Tische.

Wir folgten dem schmalen Pfad den Bach entlang, der aus unserem Dorf hinausplätscherte, und erreichten schließlich die größte Waldblumenwiese in der Nähe. Schlüsselblumen, Buschwindröschen, Vergissmeinnicht, Zweige, Äste und noch vieles mehr landete in unseren geflochtenen Körben. Davon würde ich mir später auf jeden Fall auch ein paar mit nach Hause nehmen. Die Vögel zwitscherten um die Wette und die Sonne wärmte die Luft um uns immer mehr auf, sodass es mir mit meiner Kapuzenjacke allmählich zu heiß wurde und ich sie mir um die Hüften band.

»Du, Liv, was ich dir sagen wollte, es freut mich sehr, dass du das heute mit mir machst, ich dachte echt, du bestrafst mich lebenslänglich«, sprach Jari endlich aus, wozu ihm vorhin offenbar noch der Mut gefehlt hatte. Meinem Blick wich er jedoch aus.

»Nun ja, als Bestrafung kann man es nicht bezeichnen, du hast mich mit deinem Verhalten verletzt.«

»Ich weiß und es tut mir leid, ich habe mich danebenbenommen. Du und Flynn, ihr wart ein gutes Paar.«

Sein letzter Satz brachte mein Herz zum Stolpern.

»Bitte erinnere mich nicht an Flynn.« Bei dem Gedanken, ihm heute beim Fest nach über einem Jahr Stille über den Weg zu laufen, zog sich alles in mir zusammen. Die nächste Schlüsselblume erwischte ich ein wenig zu hastig und sie geriet kürzer als beabsichtigt.

»Du hast noch immer nicht mit ihm abgeschlossen?«, fragte er und blickte überrascht hoch.

»Doch, klar habe ich das.« Ich sah ihm fest in die Augen, wollte ihn damit überzeugen, dass ich keine Zweifel an meiner eigenen Aussage hatte. Aber so, wie er meinem Blick begegnete, war mir das nicht gelungen. Skeptisch hob er eine Augenbraue.

»Okay, dann reden wir eben nicht darüber«, lenkte er ein und ich stieß erleichtert die Luft aus.

»Danke.«

Er hörte auf, die Blumen zu pflücken, ließ sich in die Wiese fallen und stützte sich mit den Ellenbogen hinter sich.

»Also, Liv? Kannst du mir endlich verzeihen? Es ist mir wichtig.«

Die Traurigkeit in seinen Augen war nicht zu übersehen. Ich dachte an die Worte meiner Mutter und gab mir einen Ruck.

»Ich verzeihe dir«, sagte ich und meinte es auch so.

Seine Entschuldigung klang aufrichtig, und es tat gut, sie zu hören. Auch wenn dies nicht die erste von ihm war, so war es die erste, bei der ich gewillt war, ihm zu vergeben.

Erst sah er mich ungläubig an, so, als dachte er, sich verhört zu haben, aber als er realisierte, was ich gesagt hatte, hellten sich seine Gesichtszüge auf und er verfiel in ein strahlendes Lächeln. Eine Last, die viel schwerer war, als ich gedachte hatte, fiel von mir ab und ich fühlte mich ein ganzes Stück leichter. Auch ich konnte nicht mehr aufhören zu grinsen, und diese pure Freude, die mich überkam, brachte mich den Tränen nahe. Meine Reaktion überraschte mich. Ich war der Meinung gewesen, ihm zu vergeben, wäre etwas, das ich ihm zuliebe tat, doch ich merkte, wie es auch mir Erlösung brachte. Er setzte sich auf und zog mich in eine innige Umarmung.

»Danke, Liv«, flüsterte er.

Ich löste mich von ihm und sah ihm in die Augen. »Wir haben so viel Zeit verloren und morgen wird das alles hier vorbei sein.«

Ich wandte den Blick ab.

»Nur, weil wir nicht mehr hier wohnen, heißt das ja nicht, dass wir uns nicht mehr sehen können. Wir werden schon noch oft genug die Gelegenheit haben, etwas zu unternehmen.«

Es stimmte. Das Leben in diesem Dorf war zwar zu Ende, aber nicht die Freundschaften, die darin entstanden waren. Eine ganze Weile saßen wir noch im Gras zwischen den Blümchen und redeten. Redeten über all die Dinge, die durch unseren Streit verloren gegangen waren. Meine Mutter hatte recht gehabt, es war schön, im Guten auseinandergehen zu können.

Gegen Abend klopfte ich an Freyas Hüttentür und ihr kleiner Bruder Clay öffnete mir. Seine blonden Locken standen ihm wirr vom Kopf ab und mit seinen dunklen Augen sah er zu mir hoch.

»Hallo, Liv, sie ist in ihrem Zimmer«, sagte er leise und ließ mich herein. Neben der Tür stapelten sich Umzugskartons und der strenge, aber mittlerweile vertraute Geruch nach Salbeiöl stieg mir in die Nase.

»Alles in Ordnung? Du siehst traurig aus«, stellte ich fest.

»Mama geht's wieder nicht so gut.«

Nur mit Mühe konnte ich seine geflüsterten Worte verstehen, aber ich erkannte auch so, was los war. Ich machte einen Schritt auf ihn zu und drückte ihn.

»Schläft sie?«

Er schüttelte den Kopf und zeigte in Richtung Küche.

Hanna stand am Ofen und füllte das gelbgrünliche Öl aus dem Kessel in Flaschen um. Ihr schwacher Körper zitterte und ihre Haut war noch blasser als sonst. Sie sah auf und schenkte mir ein müdes Lächeln.

»Ach, Liv, sieh mich nicht so an. Ich weiß, ich komme ab morgen an richtige Medizin, aber es war mir einfach zu schade, den ganzen Salbei verkümmern zu lassen«, sagte sie, gefolgt von rasselndem Husten.

»Ab morgen wird alles gut, aber bis dahin übertreib'‘s nicht, du solltest im Bett sein.«

»Und du solltest zu Freya gehen.«

Sie duldete keine Widerrede. Clay hatte sich auf das alte Strohsofa verkrümelt und starrte aus dem Fenster.

»Kommst du mit, Kleiner?«, fragte ich ihn.

»Wirklich?« Seine Augen leuchteten. »Aber Freya hat gesagt, ihr macht Mädchensachen.«

»Genau genommen machen wir uns für das Fest zurecht. Das willst du doch sicher auch, oder?«

»Aber sicher doch!« Begeistert sprang er auf und rannte los.

Mit Hannas dankbarem Blick im Rücken folgte ich ihm.

In Freyas Zimmer herrschte Chaos. Neben ihrem zerwühlten Bett lagen Dutzende Bücher auf dem Boden und der Nähtisch, an dem sie saß, war unter einem Haufen aus feinen Stoffen begraben. Wenn man das alles so betrachtete, käme man nicht auf die Idee, dass hier morgen schon keiner mehr wohnen würde.

Sie erblickte Clay und ihr Blick verdüsterte sich. Doch ehe sie etwas sagen konnte, fiel ich ihr ins Wort. »Ich habe ihn eingeladen mitzumachen. Eine kleine Stickerei auf seinem Hemd wäre doch sicher auch schön.«

Sie schloss den Mund wieder und gab sich stumm geschlagen.

»Okay, Clay, dann hol dir mal deine Anziehsachen aus dem Zimmer und überleg dir, was du darauf haben möchtest. Etwas Kleines, für mehr haben wir keine Zeit«, sagte sie.

Nachdem er verschwunden war, wandte sie sich mir mit betrübtem Gesicht zu. »Was sollte das, Liv? Wir wollten doch über die Sache mit Jari reden«, zischte sie.

Ich winkte ab. »Vergiss Jari, ich wusste doch nicht, dass es Hanna wieder schlechter geht. Clay bekommt das auch zu spüren, er braucht jetzt Ablenkung.«

Sie nickte und ihre Augen wurden feucht.

»Ich bin so froh, Liv, dass sich ab morgen richtige Ärzte um sie kümmern werden.«

»Das weiß ich doch. Das bin ich auch.«

Wir flochten uns gegenseitig Frühlingsblumen in die Haare und Freya stickte ihrem Bruder noch einen kleinen, grünen Frosch auf sein Leinenhemd. Kurz darauf standen wir vor dem Spiegel und bewunderten uns. Das Kleid, das Freya für mich gemacht hatte, war aus dünnem, pastellgrünen Leinenstoff und reichte mir bis zu den Knien. Um die Brust war es etwas enger, doch der Rock fiel leicht und locker herab. Das Schönste daran waren aber die silbernen Blumenranken, die sie wie einen Gürtel um die Taille gestickt hatte. Sie selbst trug ein rosafarbenes, langes Kleid, das ihrer hellen Haut und den blonden Haaren perfekt schmeichelte. Ein Klopfen unterbrach uns und Hanna steckte den Kopf zur Tür herein.

»Seid ihr so weit? Das Fest hat bereits begonnen.«

2.

Die schicksalhafte Wendung

Livia

Bereits von Weitem war die fröhlich klingende Geigenmusik zu hören, das Essen zu riechen und die gute Laune der Menschen wahrzunehmen. Sie aßen und tanzten zwischen all den Feuerstellen, die den Hauptplatz im Dunkeln des hereinbrechenden Abends erhellten. Mein Magen grummelte und ich machte mich mit Freya auf den Weg zum Büfett, an dem ich ein paar Zucchini-Spieße erhaschte. Noch nie in meinem Leben hatte ich so etwas wie Pommes oder Burger gegessen, das gab es hier bei uns im Wald nicht. In den Büchern, die ich las, kamen diese Dinge allerdings oft vor. Ich glaubte, dass das das Erste sein würde, was ich probieren wollte, wenn wir diesen Ort verlassen hatten.

Immer wieder sah ich mich um, ließ meinen Blick durch die Menge schweifen und hielt Ausschau nach Flynn. Bis jetzt hatte ich ihn noch nicht entdeckt. Ein dumpfes Getrommel ertönte und die Geiger hörten auf zu spielen. Die Trommel bedeutete, dass es Zeit für eine Rede unseres Bürgermeisters Hendrik war. Um uns herum wurde es still.

»Liebe Leute! Nun ist er endlich gekommen, der Tag unserer Freiheit. Der Tag, dem wir schon lange sehnlichst entgegenblicken. Der Tag, an dem wir von unserer Pflicht, hier im Wald bei den Seen fernab der Zivilisation zu leben und das Wissen im Kampf gegen die Wassergeister von Generation zu Generation weiterzugeben, erlöst werden. Die Wassergeister sind fort. Nun ist es nicht mehr unsere Aufgabe, die unwissenden Menschen aus der *echten Welt* vor den Monstern, die einst in diesen Waldseen hausten, zu schützen. Nein, nun können auch wir Teil dieser *echten Welt* werden. Die Regierung braucht unsere Dienste nicht mehr. Wir haben es geschafft. Wir können stolz auf uns und auf all unsere Vorfahren sein.« Er räusperte sich. »Aber nun genug dazu. Lasst es euch schmecken und genießt euren letzten Abend hier. Wir haben Grund zum Feiern.«

Wir jubelten und klatschten. Jeder freute sich auf den neuen Lebensabschnitt, auch die Alten, denn das Gefühl der Fremdbestimmtheit wollten wir alle loswerden. Aber insgeheim glaubte ich, die ein oder anderen würden womöglich nach ihrem Ausflug in die weite Welt wieder hierher zurückkehren. Nur dann mit der Gewissheit, dass es ihre eigene Entscheidung war, hier zu leben.

Die Musik setzte wieder ein und das Fest nahm seinen Lauf. So gut es ging, verdrängte ich meine Aufregung wegen morgen. Ich wollte den letzten Abend hier noch einmal richtig genießen und tanzte mit Freya im Schein der Feuer. Sie brauchte eine Weile, um sich fallen lassen zu können, zu sehr war sie mit den Gedanken bei ihrer kranken Mutter. Aber ich merkte auch, wie sie sich mit jedem Tag, der näher an ihre medizinische Unterstützung rückte, etwas mehr entspannte. Irgendwann tauchte Noah auf, er schlang seine Arme um sie und beanspruchte Freyas Aufmerksamkeit für sich. Ich drängte mich zwischen den herumwirbelnden Körpern hindurch, fort von der Tanzfläche.

Mit einem Glas unseres selbst hergestellten Brombeerweins in der Hand schlenderte ich hinunter zum Steg. Lange hielt ich es in großen Menschenmengen nicht aus. Flynn konnte ich noch immer nirgends entdecken. Das war seltsam, denn so groß war unser Dorf nicht. Außerdem hatte ich angenommen, dass er sich die Rede seines Vaters nicht entgehen lassen würde. Warum machte es mich so nervös? Längst war ich doch über ihn hinweg.

Ich atmete ein paarmal tief durch und ließ mich auf die beruhigende Wirkung des Teiches ein. Die Musik und das Gelächter aus der Ferne traten in den Hintergrund. Die Lichter spiegelten sich im Wasser. Ich ließ mich nieder in das feuchte, kühle Gras und schloss die Augen. Genoss den Moment, bis Schritte erklangen. Ich drehte mich um, um zu sehen, wer meine Ruhe störte.

Jari. Er stolperte die Böschung herab und kam auf mich zu.

»Na, Liv, wie siehts aus? Wollen wir es wenigstens zum Abschied einmal miteinander versuchen?« Er ließ sich dicht neben mir auf den Boden fallen und sein Gesicht verzog sich, als sich die Feuchtigkeit der Grashalme bemerkbar machte.

Ich richtete mich auf und sah ihn mit zusammengekniffenen Augen an. Meinte er diese Frage ernst oder hatte er einen Scherz gemacht?

»Ich dachte, wir hätten dieses Thema mit unserem Gespräch heute Nachmittag geklärt.«

Seine Miene verdunkelte sich.

»Ich bin in dich verliebt, seit wir kleine Kinder waren. All die Jahre habe ich von dem Tag geträumt, an dem ich deine Lippen berühren dürfte … doch der Tag kam nie. Stattdessen hast du dich auf Flynn gestürzt, meinen besten Freund, und damit unsere Freundschaft zerstört. Aber ich habe es dir verziehen, weil ich immer noch in dich verliebt bin und es bedeutet mir unglaublich viel, dass auch du mir endlich vergeben konntest.« Er holte tief Luft. »Livia, würdest du mir zum Abschied diesen einen langersehnten Kuss schenken? Bitte …«

Ein Abschiedskuss? Schweigend starrte ich ihn an. Unsicher, was ich darauf antworten sollte. Ich erhob mich, um dieser merkwürdigen Situation zu entfliehen und klopfte mir den Schmutz vom Kleid. Doch etwas hielt mich zurück. Ich wusste nicht, ob es der Alkohol war, der meinen Verstand vernebelte, aber mit einem Mal kam mir die Vorstellung, Jari zu küssen, gar nicht mehr so verkehrt vor. Warum denn auch nicht? Was hatte ich zu verlieren?

»Du bekommst deinen Kuss. Aber vergiss nicht, zwischen uns kann es nur Freundschaft geben«, willigte ich ein und tat, was ich niemals von mir erwartet hätte. Ich trat einen Schritt auf Jari zu, der sich ebenfalls wieder erhob, grinste in an, stellte mich auf die Zehenspitzen und gab ihm zu verstehen, dass er mich küssen durfte. Und das tat er. Seine Lippen näherten sich meinen und berührten sie vorsichtig. Er schmeckte nach Brombeerwein. Überrascht von der Sanftheit, die er in diesen Kuss legte, entspannte ich mich. Ich schlang die Arme um seinen Hals, er wurde stürmischer und ich ließ es zu. Ich ließ zu, wie er uns auf den Boden manövrierte und ich schließlich auf seinem Schoß landete. Gefangen in einem Rausch.

Doch dann vibrierte mein Handgelenk. Ich schlug die Augen auf, löste mich von Jari und mein Blick glitt zu dem kleinen Amethyst, der in mein schwarzes Lederarmband eingearbeitet war.

Das Blut gefror mir in den Adern. Der Edelstein erstrahlte in sanftem, lilafarbenen Licht. Jener Stein, der nur dann leuchtete, wenn es ein Wassergeist geschafft hatte, einen Menschen in seinen Bann zu ziehen. Was ich sah, konnte unmöglich wahr sein.

Ich blickte in Jaris fassungslose Miene und musste mich von der Hoffnung, es wäre nur eine Halluzination, zurückzuführen auf Alkohol und Hormonrausch, schmerzhaft verabschieden.

»In deinem Gebiet ist noch einer übrig.« Ungläubig sprach Jari es aus. »Mann! Glaubst du, wir können morgen doch nicht mehr von hier weg?«

Ich antwortete ihm nicht. Ich musste jemanden retten, der Stein hatte mich gerufen. Eilig sprang ich auf und rannte zurück ins Dorf. Es war mir völlig egal, dass sich unsere Abreise verschieben würde, es war mir egal, solange sich meine Ausbildung nun endlich doch noch auszahlte.

»Liv!«, rief er mir nach. »Was willst du denn jetzt machen?« Doch seine Stimme nahm ich nur noch aus der Ferne wahr und Jari blieb in der Dunkelheit zurück.

Keuchend erreichte ich Hendriks Hütte. Ich musste ihn über den Alarm in meinem Gebiet informieren und wusste, dass er trotz des Festes dort vorzufinden war, denn seit dem Tod seiner Frau verließ er die Hütte nur noch selten. Ich hämmerte gegen die Tür, bis endlich geöffnet wurde und Hendrik vor mir stand.

»Was zur Hölle! Liv, was ist los?«

Er trat einen Schritt zurück und winkte mich herein. Seine grauen Haare waren durcheinander und auch sonst wirkte er, als hätte ich ihn gerade aus dem Bett geholt.

»I… ich habe ein Problem«, brachte ich atemlos hervor und hielt ihm meine Hand mit dem Amethyst-Armband unter die Nase.

»Was denn für ein Pro...« Sein Blick blieb an dem lilafarbenen Licht hängen. Er starrte es an und sagte nichts. Ich wusste nicht, was in ihm vorging, seine Miene ließ sich nicht deuten. Doch dann verdunkelte sich sein Blick.

»Nimm es ab und vergrab es! Diese Ära ist vorbei, wir fahren morgen in die Freiheit«, befahl er mir.

Ich schnappte nach Luft.

»Aber das geht doch nicht! Dieser Mensch … wir müssen ihm helfen! Wir können ihn doch nicht einfach sterben lassen!«

»Liv …« Er seufzte. »Sieh aus dem Fenster. Siehst du all diese Menschen, die ihre morgige Freiheit feiern? Ist es nicht auch das, was du dir immer gewünscht hast? Was sich jeder von uns immer gewünscht hat? Hinaus in die Welt zu dürfen, sie kennenzulernen und zu erleben?«

»Doch, natürlich. Aber wir waren in dem Glauben, es würde keine Wassergeister mehr geben! Wir haben uns geirrt, Hendrik

– es ist noch einer da draußen.« Unbeeindruckt von meinen Worten kehrte er mir den Rücken und ging in die Küche. Ich folgte ihm und versuchte meinen aufkeimenden Zorn zu unterdrücken.

»Auf diesen einen kommt es auch nicht mehr an«, sagte er seelenruhig und griff sich einen Apfel. »Der wird nicht ins Gewicht fallen. Die Regierung hat endlich eingesehen, dass es nicht mehr nötig ist, uns als Wächter in diesem Gebiet zu positionieren. Es bedarf keines Schutzes vor diesen Wesen mehr.«

Er nahm einen weiteren Apfel und hielt ihn mir hin. Meinen Ärger konnte ich nun nicht mehr zurückhalten. Ich schlug ihm das Obst aus der Hand und es schlitterte geräuschvoll über die Holzdielen.

»Nein!«, schrie ich. »Das kann nicht dein Ernst sein! Wieso ist es dir plötzlich nicht mehr wichtig, dieses Menschenleben zu retten? Wir müssen etwas tun!«

»Meine Güte, Liv! Hör sofort auf damit. Wir werden morgen alle von hier verschwinden. Es ist nicht mehr unsere verdammte Aufgabe, dies zu tun!« Jetzt schrie auch er und seine Faust landete wütend auf der Theke.

Ich hielt den Atem an. Sein Blick glitt entschuldigend zu mir und er rieb sich die Schläfen.

»Schön. Wenn es dir so wahnsinnig wichtig ist, diesen einen Menschen zu retten, dann bitte, lauf los und übernimm diese Aufgabe. Aber all die anderen Dorfbewohner und ich, wir werden nicht mehr hier sein, wenn du zurückkommst. Auch der Regierung werde ich davon nichts erzählen. Ich riskiere nicht unsere Freiheit. Du wirst also später ohne die Busse aus diesem Wald herausfinden müssen. Hast du das verstanden?«

Nickend machte ich auf dem Absatz kehrt, verließ die Hütte und eilte in Richtung des Tumultes. Ich würde nicht damit leben können, jemanden einfach sterben zu lassen.

Mit fiebrigem Blick suchte ich die Menge nach meiner Mutter ab. Wo steckte sie nur? Ich rannte vorbei an der Tanzfläche und fand sie bei einer kleinen Sitzgruppe nahe des wärmenden Feuers. Ausgelassen unterhielt sie sich mit ihren Freundinnen. Doch noch bevor ich sie endgültig erreicht hatte, sah sie auf und unsere Blicke trafen sich. Sie bemerkte sofort, dass etwas nicht stimmte, und kam mir entgegen. Mein Herz pochte wie wild und ich musste erst meine Atmung wieder in den Griff bekommen, ehe ich ihr die Situation schildern konnte.

»Um Himmels willen. Was ist geschehen?« Besorgt nahm sie mich an der Hand und führte mich fort, hinaus aus dem Lichtkegel der Feuer.

»Ich muss jemanden retten«, brachte ich hervor und zeigte auch ihr den leuchtenden Amethyst. Ihre Augen weiteten sich, ehe sich ihr Gesicht vor Schmerz verzerrte. Mein schlechtes Gewissen quälte mich. Ich wusste, ihre größte Sorge war stets gewesen, auch mich eines Tages durch solch eine Aufgabe zu verlieren. So wie meinen Vater kurz nach meiner Geburt. Es tat mir unendlich leid, diese Wunde wieder zu öffnen, nachdem sie bereits mit der Sorge abgeschlossen hatte, mich jemals im Kampf gegen einen Wassergeist wissen zu müssen. Gemeinsam liefen wir nach Hause, ich musste mich umziehen und meine Sachen holen.

»Lass mich dir helfen und mitkommen«, flehte sie mich an. Doch ich verneinte. Es war meine Aufgabe und ich musste sie allein bewältigen. Dafür war ich von klein auf ausgebildet worden und der Moment, diese Ausbildung zu nutzen, war endlich gekommen. Ich schulterte meinen Notfallrucksack und sie fiel mir zum Abschied um den Hals. Dankbar darüber, dass sie meine Entscheidung, diese Aufgabe zu erfüllen, obwohl ich es nicht musste, ohne Gegenrede hinnahm, erwiderte ich ihre Umarmung.

»Pass auf dich auf, Livi! Ich werde im nächsten Ort auf dich warten«, sagte sie und Tränen glitzerten in ihren Augen.

»Bis dann, Mama.«

3.

Die erste Begegnung

Livia

In der Hoffnung, den See nicht zu spät zu erreichen, rannte ich über den schmalen Pfad durch das Unterholz. Die Diskussion mit Hendrik hatte mich mehr Zeit gekostet, als mir lieb war. Aber der Stein auf meinem Armreif leuchtete immer noch. Das war ein gutes Zeichen, denn es bedeutete, dass derjenige, der sich von dem Geist hatte anlocken lassen, noch am Leben war.

Ich hatte Glück, dass wir Vollmond hatten, denn so konnte ich wenigstens noch das Nötigste sehen. Ich wollte mir gar nicht vorstellen, wie ich mich hier bei völliger Dunkelheit hätte zurechtfinden sollen. Abermals peitschte mir ein Zweig ins Gesicht und ich fluchte, als sich das Brennen des Kratzers auf meiner Haut bemerkbar machte. Meine Füße trugen mich immer schneller in Richtung des Sees. Meine Nervosität wuchs. Gleich würde ich zum ersten Mal in meinem Leben einem Wassergeist gegenüberstehen. Einem echten Wassergeist. War ich meiner Aufgabe gewachsen? Würde ich das Erlernte richtig anwenden können? Ich hoffte es.

Atemlos erreichte ich die kleine Anhöhe, von der aus ich auf die Lichtung hinuntersehen konnte, zu dem dunklen, tiefen, mit Birken umrandeten See. Der Edelstein vibrierte stärker und machte mir die Anwesenheit des Geistes deutlich.

Dann sah ich ihn, den Wassergeist. Er hatte sich in eine Menschenfrau verwandelt. Langes, dunkles Haar fiel ihr in üppigen Wellen über die nackten Schultern und sie trug lediglich ein dünnes Trägerkleid. Diese Wesen konnten die schönsten Gestalten annehmen, doch ihr wahres Aussehen glich dem einer aufgedunsenen Wasserleiche. Diese Fassade diente offensichtlich dazu, den jungen Mann zu verführen, der ihr wie besessen immer näher ans Ufer folgte.

Ich beeilte mich, die Böschung hinunterzukommen. Ahnte, dass es knapp werden könnte. Die Geisterfrau warf das Kleid ab und stand einen Moment lang vollkommen nackt am Ufer, ehe sie ins dunkle Wasser sprang. Gefangen im Bann des Geistes entledigte sich auch der Mann seiner Kleidung und näherte sich dem Wasser. All das geschah, während mich meine Füße mit hastigen Schritten über die Wiesen trugen. Ich schrie, doch es brachte nichts. Sie nahmen mich nicht wahr. Der Geist umfing den jungen Mann im Wasser, zog ihn an sich und beugte sich über ihn. Sein Gesicht näherte sich seinem und ihre Münder berührten sich. Ein violetter Schein umgab sie und der Geist kostete die Seele seines Opfers.

Ich erreichte den See, schleuderte den Rucksack von mir und sprang mit einem Satz ins kalte Wasser. Alles, was ich tun musste, war, ihm meinen Dolch in den Körper zu rammen. Seine Klinge war aus Amethyst gefertigt und würde ihn für ein paar Stunden außer Gefecht setzen. Einen Geist konnte man nicht einfach so töten. Aber die Wirkung des Edelsteins entzog ihm eine Zeit lang die Magie.

Wie aus dem Nichts kam er plötzlich auf mich zugeschossen. Nun in seiner wahren Gestalt. Seine funkelnden Augen strahlten mir in düsterem Violett entgegen. Bevor ich reagieren konnte, packte er mich mit seinen scharfen Krallen am Arm und zog mich unter die Wasseroberfläche in Richtung Grund. Ich zwang mich, meine Augen unter Wasser zu öffnen, aber es war zu dunkel, das Wasser zu trübe, um etwas zu erkennen. Es gelang mir nicht, mich aus seinem festen Griff zu befreien. Vor meinem Gesicht wurde es heller, die Augen des Wassergeistes waren meinen ganz nahe. Ich musste mich beeilen. Die Luft ging mir aus … und wenn er mir einmal die Seele entriss, war ich verloren.

Luft. Ich brauchte Luft. Meine Füße gruben sich in den schlammigen Grund des Sees. Ich drehte mein Gesicht fort, weg von seinen leuchtenden Augen, die mich anstarrten. Weg von den blassen Hautfetzen, die ihm von den Wangen hingen und sich im Wasser leicht bewegten. Verzweifelt zerrte ich an meinem Arm. Entriss ihn seinen Krallen, die meine Haut aufschlitzten und konnte meine Schreie nur mit Mühe unterdrücken. Ich griff nach meinem Dolch, den ich am Gürtel trug. Es gelang mir, ihn zu lösen. Keine Sekunde zu früh. Die Krallen gruben sich erneut in meinen Arm, doch diesmal konnte ich mich wehren. Mit aller Kraft stach ich den Geist mit der Amethystklinge in die Seite. Ich wartete auf den Moment, Erleichterung zu verspüren – doch nichts geschah. Hatte es nicht funktioniert?

Ich wollte erneut zustechen, doch der Geist wehrte sich dagegen. Meine Kräfte ließen nach. Der Drang nach Sauerstoff wurde immer größer. Seine kalten Lippen berührten mein Gesicht. Ich war kläglich gescheitert. War das das Ende?

Ein vom Wasser gedämpfter Schrei durchbrach meine trüben Gedanken. Die Griffe um meine Arme lockerten sich und der Geist löste sich in violettes Licht auf.

Meine Lunge brannte. Mit letzter Kraft stieß ich mich am Boden ab und tauchte der Wasseroberfläche entgegen. Hustend durchbrach ich sie und inhalierte so viel Sauerstoff wie möglich. Erleichterung flammte in mir auf, aber ich hatte keine Zeit, mich über meinen Sieg zu freuen. Eilig suchte ich nach dem jungen Mann. Lebte er noch? War ich zu spät? Er musste jedenfalls das

Bewusstsein verloren haben, denn ans Ufer geschwommen war er nicht. Ich tauchte erneut unter und zum Glück dauerte es nicht lange, bis ich ihn entdeckte. Mit schnellen Zügen schwamm ich zu ihm. Wie ich es in meiner Ausbildung gelernt hatte, packte ich ihn unter den Armen und beeilte mich, seinen schweren Körper an die Wasseroberfläche zu ziehen. Luft. Wir beide hatten sie dringend nötig. Ich zerrte ihn ans Ufer und ließ mich erschöpft neben ihm ins Gras fallen.

Der junge Mann rührte sich nicht. Verzweifelt versuchte ich ihn zu reanimieren, aber die nächsten Sekunden verstrichen, ohne dass etwas geschah. Von Augenblick zu Augenblick entschwand die Hoffnung in mir immer mehr. Meine Kräfte waren am Ende und ich war kurz davor aufzugeben. Doch dann schlug er die Augen auf und erbrach einen Schwall Wasser. Ich hatte es geschafft.

Panisch setzte er sich auf und sah sich um. Sein Blick fiel auf mich.

»Hey, ganz ruhig«, sagte ich beschwichtigend und wollte ihm eine Hand auf die Schulter legen, doch er schlug sie fort und rückte von mir ab.

»Was hast du mit mir gemacht?«, krächzte er. »Was zur Hölle hast du mir gegeben? O mein Gott!« Zittrig rappelte er sich auf, suchte den Boden ab und stolperte in Richtung seines Kleiderhaufens davon.

»Hey, warte mal!«, rief ich ihm schwer atmend nach. »Was redest du denn? Ich habe dir geholfen, dich gerettet! Du warst gerade noch bewusstlos!«

Ich stand ebenfalls auf und lief ihm hinterher, bis ich neben ihm zum Stehen kam. Er griff kopfschüttelnd nach der Jeans und schlüpfte hinein.

»Von einer Sekunde zur nächsten hast du dich in ein Monster verwandelt. Ich glaube dir kein Wort!«

»Nein, ich bin nicht das Monster. Bitte gib mir die Chance, es dir zu erklären. Wenn du mir nicht vertraust, wird sie zurückkommen, dich umbringen und dir auch noch den Rest deiner Seele rauben!«

»Was?« Jetzt sah er mich zum ersten Mal an und ich blickte in zwei wunderschöne, im Mondlicht funkelnde Augen, die mich voller Misstrauen anstarrten.

»Du wurdest von einem Wassergeist verführt«, fuhr ich fort. »Sie nehmen die schönsten Gestalten an, um Menschen wie dich in ihren Bann zu ziehen, sie in ihren See zu locken und ihnen dort die Seele zu rauben.«

Er fuhr sich durch die nassen Haare und schüttelte abermals den Kopf. »Hör doch auf mit dem Blödsinn!«, schrie er nun, als würde er hoffen, mich dadurch loszuwerden. Er wandte mir den

Rücken zu und lief in Richtung Waldrand. Doch ich ließ nicht locker und folgte ihm.

»Ich bin nicht das Monster. Wenn ich es wäre, hätte ich dich nicht freigelassen. Außerdem würde ich nicht so aussehen, wie ich es gerade tue. Sieh mich an, sehe ich für dich etwa attraktiv genug aus, um dich verführen zu können? Nein, denn ich bin klitschnass und völlig erschöpft und das nur deshalb, weil ich dich gerade gerettet habe!«

Wie vom Blitz getroffen blieb er stehen. Drehte sich zu mir um und sah mich an. Beinahe wäre ich in ihn hineingelaufen. Er musterte mich mit seinem Blick, so, als würde er meine Beschreibung überprüfen. Ich wandte den Blick ab, denn es war mir unangenehm.

»Du hast recht, du siehst wirklich nicht so aus, als würdest du mich verführen wollen.« Gab er trocken von sich.

Seine Aussage versetzte mir einen Hieb.

»Heißt das, du glaubst mir?«, fragte ich hoffnungsvoll.

»Das heißt, ich glaube, dass du tatsächlich kein Wassergeist bist, aber ich glaube auch, dass es so etwas eigentlich nicht gibt.«

»Und was denkst du, ist dann gerade passiert?«

»Kann ich mir im Moment noch nicht erklären, aber ich werde es herausfinden und vermutlich einen Drogencheck machen lassen.«

»Kannst du dir sparen. Glaub mir doch einfach.«

»Dir einfach glauben? Einer komplett fremden Person?« Er schnaubte. »Wie wär's, wenn du mir einfach verrätst, wie ich aus diesem Wald wieder herauskomme? Ich kann mich nicht erinnern, wie ich hier gelandet bin.«

»Das liegt an dem Bann des Geistes.«

Ich lief zu meinem Rucksack hinüber und kramte darin herum. Fand ein Armband mit einem Amethyst und hielt es ihm hin. »Hier, das ist für dich. Der Stein bewahrt dich davor, in einen weiteren Bann gezogen zu werden.«

Skeptisch hob er eine Augenbraue. »Nein, danke, aber ich glaube nicht an diesen Hokuspokus.«

Allmählich reichte es mir. Ich hatte mit mehr Kooperationsbereitschaft gerechnet. »Wie du willst. Dann lass dir eben nicht helfen«, sagte ich, warf das Armband zurück in den Rucksack, stand auf und machte Anstalten zu gehen.

»Warte! Wie komme ich nach Hause?«

»Lebend nur dann, wenn du dich an mich hältst. Aber wie es scheint, willst du eh lieber sterben.«

»Mann!« Er raufte sich die Haare. »Was ist denn dein bescheuerter Plan?«

Zufrieden drehte ich mich wieder zu ihm um. Er hatte wohl endlich eingesehen, dass er keine andere Wahl hatte, als mir zuzuhören.

»Wir müssen zum Tempel der Erinnerung. Dort gibt es eine Möglichkeit, dich von dem Geist zu lösen. Aber erst einmal sollten wir uns ausruhen. Gleich hier in der Nähe gibt es eine Hütte.« Ich hielt Ausschau nach dem Weg, der uns dort hinbringen würde. »Kommst du mit?«, hakte ich nach, weil er nichts sagte.

Widerwillig nickte er.

Gemeinsam verließen wir die Lichtung und ließen den See hinter uns, der nun, nachdem wieder Ruhe eingekehrt war, viel weniger bedrohlich wirkte. Ein letztes Mal blickte ich über meine Schulter, um ihn zu bestaunen, wie er dalag, im sanften Schein des Mondes.

4.

Gedankenchaos

Adam

Ich musste völlig verrückt sein. Ich folgte tatsächlich dieser Irren. Dieser Irren, die behauptete, ich wäre von einem Wassergeist angegriffen worden und in Gefahr. Ein Geist? In welchem Fantasy-Abenteuer war ich denn jetzt gelandet? Doch ich hatte keine Wahl. Ich wusste nicht, wie ich aus diesem Wald herauskommen sollte. Mein Handy war mir da mit leerem Akku auch keine große Hilfe. Ich erinnerte mich lediglich daran, jemanden getroffen zu haben, der plötzlich zum Monster mutiert war. Ich konnte nicht umhin, mich zu fragen, was wäre, wenn das hier schon wieder so enden würde? Was, wenn diese junge Frau auch bloß ein Trugbild war und ich ein zweites Mal in ihre Falle tappte? Doch es würde keinen Sinn machen, da hatte sie schon recht, wieso hätte sie mich retten sollen, um dann *meine Seele zu rauben,* wie sie es nannte? Womöglich war ich doch aus Versehen unter Drogeneinfluss geraten.

Ich stolperte ihr in der Dunkelheit hinterher und hoffte, dass diese Hütte nicht allzu weit entfernt war. Meine Glieder schmerzten, als hätte ich einen Marathon hinter mir und ich fühlte mich noch immer ein wenig benommen.

Wir waren erst ein paar Minuten gegangen, als mit einem Mal Bilder in meinem Kopf auftauchten, begleitet von einem heftig stechenden Schmerz.

Ein kleiner Junge mit braunen Locken, schlafend auf dem grünen Ledersofa. Die offene Terrassentür. Das Glas Wasser, das auf dem dunklen Holzboden in tausend Scherben zerschellte. Pool. Garten. Bagger.

Eiskalt lief es mir den Rücken hinunter und die Schuldgefühle trafen mich völlig unvorbereitet mit voller Wucht. Mein Herz wurde schwer und ich hatte Angst, es könnte jeden Moment zerspringen. So war es jedes Mal, wenn ich an ihn dachte. Jetzt erinnerte ich mich wieder. Das Gleiche passierte auch vorhin im See. Es waren diese Erinnerungen, die sich plötzlich gewaltsam in meinen Kopf gedrängt und die Situation noch viel schlimmer gemacht hatten. Ich stöhnte. Die Kopfschmerzen wurden stärker. Ich blieb stehen und presste mir verzweifelt die Hände an die Schläfen, in der Hoffnung, ich könnte den Schmerz herausquetschen, doch es half nichts.

Alarmiert drehte sich die junge Frau zu mir um und sah mich an. Noch in derselben Sekunde wurde sie jedoch von etwas hinter mir abgelenkt. Alles passierte wahnsinnig schnell. Ihre Augen aufgerissen, schrie sie mir zu, ich solle laufen. Gleichzeitig rannte sie auf mich zu und zückte ein kleines Messer. Die Schmerzen legten noch einmal an Intensität zu und zwangen mich in die Knie. Ich war nicht fähig, irgendetwas zu verstehen.

Sie rannte an mir vorbei und am Rande meines Bewusstseins nahm ich Kampfgeräusche wahr. Ich musste mich umdrehen, nachsehen, was geschah. Aber es war schwer. Meine Sicht verschwommen. Nichtsdestotrotz erkannte ich zwei Gestalten, die miteinander rangen. Mit Schwung wurde sie durch die Luft geschleudert und landete mit einem dumpfen Schlag auf dem Waldboden. Reglos blieb sie liegen. Das Monster vom See, der Wassergeist, kam auf mich zu. Erst langsam und dann immer schneller. Ich wollte fliehen, doch mein Körper war wie gelähmt. Eiskalt trafen mich seine Klauen an den Armen und ich knallte rückwärts auf den Boden. Über mir eine Fratze, als wäre sie meinen schlimmsten Albträumen entsprungen. Tiefviolette Augen strahlten mir entgegen, aus einem Gesicht, so bleich wie Asche. Ich wandte den Blick ab, konnte es nicht ertragen. Mein Herz eskalierte, schlug gefühlt bis zum Mond und wieder zurück, während mein Kopf zum tausendsten Mal explodierte.

Max. Terrassentür. Pool. Bagger.

Die Bilder wiederholten sich in einer Endlosschleife. Jeden Moment rechnete ich mit dem Tod – doch der Wassergeist wurde fortgerissen.

Ein Kreischen, schrill und hell, und plötzlich war es still. Der Schmerz ließ nach, mein Herzschlag verlor an Tempo, mein Verstand fühlte sich wieder klarer an und ich war mit meinen Gedanken zurück in der Realität.

Sofort setzte ich mich auf und suchte nach der jungen Frau. Sie lag nicht weit entfernt auf dem Rücken, umgeben von einer Wolke aus leuchtend violettem Staub. Der Geist war fort. Ich krabbelte zu ihr hinüber und erkannte zu meiner Erleichterung, dass sie bei Bewusstsein war. Schwer atmend starrte sie in die dunklen Äste über uns. Laub haftete überall an ihrer nassen Kleidung. Ihr Körper bebte.

»Alles gut?«, fragte ich, weil sie mir Angst machte.

Sie nickte und richtete sich vorsichtig auf.

Das Leuchten um uns herum wurde immer schwächer, bis es schließlich verschwand. Zurück blieb das blasse Licht des Mondes, das seinen Weg durch die Bäume zu uns herab fand und die Klinge neben ihr zum Funkeln brachte.

»Du siehst aber nicht so aus, als würde es dir gut gehen.«

»Nur ein paar weitere Kratzer, mehr nicht.«

»Aber du blutest.« Ich deutete mit dem Finger auf ihre Wange, von der eine dünne Linie frischen Blutes zu Boden tropfte. Sie wischte darüber und betrachtete das Rot, das nun auf ihrem Handrücken glänzte.

»Das haben Kratzer so an sich«, sagte sie ein wenig verlegen, griff nach dem Messer und steckte es ein. »Wie sieht es bei dir aus? Bist du okay?«

»Körperlich ja, aber ich denke, ich muss das Geschehene erst einmal verarbeiten. Einfach krass das alles. Und diese Kopfschmerzen … o Mann, so etwas habe ich noch nie erlebt.« Erschöpft rieb ich mir die Augen.

»Es tut mir leid. Es ist meine Schuld«, sagte sie. »Ich habe den Geist im See womöglich nicht richtig getroffen. Er hat sich viel zu schnell wieder regeneriert. Eigentlich hätten wir jetzt vierundzwanzig Stunden Ruhe haben sollen. Und dieser Schmerz und das Chaos in deinem Kopf werden immer dann auftauchen, wenn der Wassergeist in deiner Nähe ist. Er hat sich an einen Teil deiner Erinnerungen geknüpft und kann dich damit lokalisieren.«

»Wo ist er jetzt?«

»Er hat sich aufgelöst und kehrt zurück in das Gewässer, aus dem er gekommen ist.«

Ihre Geschichte wurde ein kleines bisschen glaubhafter, auch wenn ich sie eigentlich nicht für real hielt.

Ihr Zittern wurde stärker.

»Willst du das nicht lieber ausziehen?« Ich deutete auf ihre Kleidung. »Du kannst meinen Pullover haben, wenn du möchtest«, sagte ich und machte Anstalten, ihn ihr zu geben. Aber sie lehnte ab.

»Nein. Das geht schon. In ein paar Minuten sind wir bei der Hütte. Dort gibt es trockene Sachen.«

»Sicher?

Sie nickte.

»Dann sollten wir uns wohl lieber schnell auf den Weg machen.« Ich erhob mich und reichte ihr meine Hand. Erst sah sie sie skeptisch an, doch dann ergriff sie sie.

»Du hast mir deinen Namen noch gar nicht verraten«, stellte ich fest.

»Livia, aber nenn mich ruhig Liv.«

»Okay, Liv, ich bin Adam.«

Die kalte Nachtluft ließ auch mich frösteln. Ich folgte ihr weiter durch die Dunkelheit, umringt von hohen Laubbäumen und unheilvollen Geräuschen. Nur wenige Tierlaute konnte ich davon identifizieren. Ich war bereit, ihr zuzuhören und wagte es, ihr die eine Frage zu stellen, die bereits die ganze Zeit auf meinen Lippen lag. Bis jetzt war ich dazu noch nicht fähig gewesen, denn dadurch hätte ich zugeben müssen, ihre Geschichte zu glauben.

»Wie kann ich diesen Geist nun loswerden?«

Geschickt wich sie einem heruntergefallenen Ast aus, über den ich sehr wahrscheinlich gestolpert wäre, wäre sie nicht vor mir hergegangen.

»Wir müssen einen passenden Gegenstand finden, in den deine betroffene Erinnerung hineintransferiert werden kann. Der Geist nimmt sie dann daraus auf, anstatt aus dir.«

»Aber du sagtest doch, er will meine Seele?«

»In diesen Erinnerungen steckt ein so großer Teil deines Selbst, als wäre es deine Seele. Es sind nicht irgendwelche Erinnerungen. Es sind die, die dich ausmachen.«

Ihre Worte bereiteten mir Gänsehaut.

»Und was will er damit?«

»Deine Seele hilft ihm dabei, Erlösung zu finden und sich aus dem See zu befreien. Sich in nichts aufzulösen und dem Elend, dazu verdammt zu sein, ewig in dem kalten Gewässer herumzudümpeln, zu entkommen.«

»Im Grunde will er sich also nur selbst retten?«

»So ist es.«

Wir erreichten die kleine Hütte, die auf einer Lichtung zwischen zwei alten Buchen stand. Das Innere war stockdunkel und ich konnte nichts erkennen. Ich hörte lediglich, wie Liv in ihrem Rucksack herumkramte und schließlich ein Streichholz über die Reibfläche der Schachtel zog. Augenblicklich entflammte es und sie entzündete eine Kerze. Mit dem bisschen Licht, das wir dadurch gewonnen hatten, konnten wir uns ein wenig orientieren.

Es gab nur einen einzigen Raum, in dem ein Tisch, ein Stuhl, ein Schrank und zwei Betten standen. Außerdem ein Kamin, auf den Liv ohne zu zögern zusteuerte. Die Holzscheite waren daneben zu einer kleinen Mauer aufgetürmt und sie schlichtete sie in den Ofen, ehe sie erneut ein Streichholz entzündete und es mit einer Schaufel voll Reisig hineinwarf. Das Feuer entfachte und loderte kräftig auf. Die Wärme war sofort spürbar.

Sie drehte sich zu mir um und sah mich an, sah mich einfach nur an, während sie im Schein des Feuers stand. Der Moment war seltsam, die plötzliche Energie zwischen uns überraschte mich. Ich konnte meinen Blick nicht von ihrem wunderschönen Gesicht abwenden, ihren leuchtend grünen Augen. Es war, als würden wir uns erst jetzt richtig ansehen, uns richtig wahrnehmen. Doch dann, so schnell, wie er gekommen war, war der Moment auch schon wieder vorbei. Sie brach den Blickkontakt ab und sah verlegen zu Boden. Ihre Wangen nahmen einen tiefroten

Farbton an. Livia ging zu dem Schrank neben der Tür hinüber und holte eine Wasserflasche daraus hervor, die dort neben ein paar Dosenbohnen standen. Sie befeuchtete damit einen Lappen, der ebenfalls darin gewesen war, wusch sich das Blut ab und reinigte ihre Kratzer.

»Hast du auch irgendwelche Wunden, die ich mir ansehen sollte?«, fragte sie mich.

Ich schüttelte den Kopf, mir fehlte nichts.

»Wir sollten gleich schlafen und dann so früh wie möglich aufbrechen, am besten mit den ersten Sonnenstrahlen.«

Ich streifte meine Schuhe ab und legte mich in eines der kleinen, nicht sehr einladenden Betten.

»Wie können wir sichergehen, dass wir nicht im Schlaf überrascht werden? Ja, du sagtest, die Regeneration würde vierundzwanzig Stunden dauern, aber so war es vorhin auch nicht«, fragte ich und fühlte mich bei dem Gedanken, jetzt einfach zu schlafen, nicht wohl.

»Keine Sorge. Die Hütte ist sicher. In den Tür- und Fensterrahmen sind kleine Amethysten verbaut. Die hindern den Wassergeist daran hindurchzukommen. Die Kraft dieser Edelsteine ist so ziemlich das Einzige, das man gegen sie verwenden kann.«

Sehr überzeugend fand ich das nicht. Aber wenn ich schon an Wassergeister glaubte, dann musste ich wohl auch akzeptieren, dass Edelsteine Superkräfte haben konnten.

Ich drehte mich mit dem Gesicht zur Wand, um Liv genügend Raum zu geben, sich endlich etwas Trockenes anzuziehen. Als ich hörte, wie sie barfuß über den Boden ins Bett tapste, wartete ich noch einen Moment und drehte mich wieder um. Ich sah zu ihr hinüber. Die Decke hatte sie bis unters Kinn gezogen.

»Als ich heute gesagt habe, du würdest nicht so aussehen, als würdest du mich verführen wollen, da habe ich damit nicht gemeint, dass ich dich nicht attraktiv finde.« Mit gedämpfter Stimme schickte ich diese Worte, die ein wenig nach einer Entschuldigung klangen, in den Raum. Ihr betroffener Gesichtsausdruck, nachdem ich dies zu ihr gesagt hatte, hatte mich nicht mehr losgelassen. Ich wollte sie nicht verletzen, doch ich hatte mich wohl im Ton vergriffen und war ein wenig herablassend gewesen. Das hatte ich erkannt und bereut. Eine Weile sagte sie nichts und ich dachte schon, sie wäre eingeschlafen, doch dann kam ein leises »Danke«. Aber das war auch schon alles, was sie dazu sagte.

»Danke, das sollte ich wohl auch zu dir sagen. Danke, Liv, dass du mich heute zweimal vor dem Wassergeist gerettet hast. Danke, dass du mir hilfst, ihn loszuwerden.«

»Dafür musst du dich nicht bedanken. Es ist nun mal meine Aufgabe, dies zu tun.«

Ich wollte nachhaken, was sie damit meinte, dass es ihre Aufgabe sei. Ich wollte sie fragen, wer sie eigentlich war und woher sie all das wusste. Es gab noch so viele offene Fragen, doch ich entschied mich dafür, es heute dabei zu belassen. Sie hatte vorhin deutlich gemacht, dass wir so schnell wie möglich schlafen sollten. An diesem Plan wollte ich sie nicht hindern.

»Gute Nacht«, sagte ich und erklärte den Tag für beendet, auch wenn ich vermutlich noch länger brauchte, um in den Schlaf zu finden.

Wie lange würde das hier dauern? Wann würde ich wieder zurück in meinem normalen Leben sein? Viel zu viel war heute geschehen und ich musste einen klaren Kopf bewahren. Auch wenn ich versuchte, Liv zu glauben, so konnte ich doch nicht einfach blind einer Fremden folgen.

5.

Schatten der Vergangenheit

Livia

Mühsam und mit aller Gewalt versuchte ich, den Reißverschluss des Rucksackes zu schließen. Es durfte nicht sein, dass für die Dosenbohnen kein Platz mehr war, wir mussten uns doch etwas zu essen mitnehmen. Wenigstens für den kommenden Tag, denn wir würden erst morgen irgendwann den Tempel erreichen. Dieser Vorrat an Dosenbohnen war außerdem extra dafür angelegt, um sich hier den nötigen Proviant nehmen zu können, und jetzt hatten nicht einmal zwei davon in diesem bescheuerten Rucksack Platz.

Adam kam zu mir an den Tisch. Dunkle Augenringe zierten sein Gesicht. Er musste dem Geist mindestens zwei Tage lang durch den Wald gefolgt sein, wenn dieser ihn in der echten Welt aufgespürt hatte. Bestimmt war er auch davon noch völlig erschöpft.

»Soll ich mal?«, fragte er.

Doch er wartete meine Antwort gar nicht erst ab, sondern nahm mir den Rucksack einfach ab. Und tatsächlich, mit einem gewaltsamen Ruck war das Ding dann endlich zu.

»Danke.«

»Soll ich ihn tragen?«

»Nein, das geht schon, ich trage ihn selbst.«

Ich deutete auf das Amethyst-Armband, das ich zuvor auf den Tisch gelegt hatte.

»Hier, bitte trage es. Es verhindert, wie gesagt, dass dich der Geist erneut in seinen Bann ziehen kann.«

Dieses Mal widersprach er nicht. Dieses Mal nahm er es und ließ es sich von mir um sein Handgelenk binden.

»Wird es mich auch vor den Kopfschmerzen schützen?«, fragte er.

»Nein, leider nicht. Es hilft nur gegen die Hypnose, in die man versetzt werden würde, wenn man dem Geist in die Augen sieht.«

Wie geplant verließen wir noch bei Dämmerung die Hütte. Ich wusste nicht, wie nahe uns der Geist mittlerweile war, und hoffte, wir würden es ohne eine weitere Begegnung bis ans Ziel schaffen.

Tief atmete ich die kühle Waldluft ein, inhalierte sie förmlich und lauschte dem morgendlichen Gesang der Vögel. Der Himmel hatte einen zarten rosafarbenen Ton angenommen.

Soweit ich mich erinnern konnte, mussten wir nur dem Pfad hinter der Hütte folgen. Ich war zuversichtlich, den richtigen Weg zu finden, auch wenn ich manchmal daran zweifelte. Bald würden die anderen abgeholt werden und es machte mich ein wenig traurig, nicht mit meiner Mutter oder Freya gemeinsam in die *echte Welt* einzutauchen, wie geplant unseren ersten Burger zu essen, das erste Mal ins Kino zu gehen oder alles zu machen, was man eben so machen konnte. Wir verließen den kleinen Weg, um quer in den Wald hineinzugehen. Es war zwar kein richtiger Weg, aber ich konnte mich an den markierten Bäumen orientieren, in die kleine Kreuze eingeritzt worden waren. Den Kuss von Jari bereute ich und mir graute davor, ihn wiederzusehen. Ich hatte es gerade erst über mich gebracht, ihm zu verzeihen, und jetzt stand da schon wieder etwas zwischen uns, das die Lage kompliziert machte.

»Wieso hilfst du mir? Wieso kennst du dich mit alledem aus, während ich mein ganzes Leben lang gedacht habe, die Welt wäre frei von Magie und solchem Quatsch?« Adams Stimme durchschnitt die Stille und ich erschrak ein wenig.

»So, wie du nichts von meiner Welt wusstest, weiß ich auch nicht viel über deine. Na ja, ich weiß, dass es sie gibt und ich lese viele Bücher und erfahre dadurch einiges, doch ich durfte bis jetzt nie ein Teil davon sein. Ich bin hier im Wald aufgewachsen und wurde von klein auf für solche Fälle ausgebildet.«

»Du warst noch nie außerhalb dieses Waldes?« Adam blieb geschockt stehen.

»Ja.« Ich seufzte. »Aber sobald wir dich von dem Geist gelöst haben, wird es uns Wächter nicht mehr geben. Ich darf endlich raus aus diesem Wald.«

»Wieso gerade jetzt?«, hake er nach und starrte mich an, als wäre ich ein wildes Tier. Als wäre ich hier plötzlich tatsächlich das Monster und nicht dieser Geist.

»Weil es eigentlich keine Geister mehr geben sollte. Seit Jahren gab es schon keinen Vorfall mehr. Mein Dorf wird gerade in die Freiheit entlassen und aus irgendeinem unerklärlichen Grund hat gestern mein Armband geleuchtet. Du warst in Gefahr, aber das sollte wohl ignoriert werden.«

»Aber du hast mich nicht ignoriert.«

»Ich würde nicht damit leben können, einen vermeidbaren Tod zu verschulden.«

»Das ist doch absurd, es sollte doch nicht deine Schuld sein, wenn ich so einem Monster zum Opfer falle. Wäre es nicht für jeden besser, man würde den Menschen diese Gefahr nicht vorenthalten? Dann wäre jeder für sich selbst verantwortlich und man müsste keine Leute wie dich im Wald einsperren. Stattdessen könnte es ein frei wählbarer Beruf sein, oder nicht?«

Er sprach die Dinge aus, über die ich auch schon oft nachgedacht hatte. Es machte tatsächlich wenig Sinn. Doch der Grund, der einem immer genannt wurde, wenn man diese Frage stellte, war, dass man den Menschen nicht unnötig Angst machen wolle.

»Doch, du hast recht. Keine Ahnung, wieso es nicht so läuft.«

Die ersten Sonnenstrahlen fielen durch die Äste und brachten den Tau auf den Blättern und dem moosigen Waldboden zum Glitzern.

Wir erreichten einen tiefen Graben, der aber weder felsig noch steil war, sodass wir problemlos würden hinunter- und auf der anderen Seite wieder hinaufklettern können. Die Nadelbäume halfen uns dabei. Wir konnten uns daran abstützen und immer wieder den Schwung abfangen, um nicht zu schnell zu werden und womöglich den Rest des Weges in Form von Purzelbäumen zurücklegen zu müssen.

»Na dann, umso besser, wenn es nun ein Ende hat. Wenn du willst, können wir uns ja mal verabreden und ich zeige dir ein paar Dinge.«

Adam löste sich von einem Baum und lief das letzte Stück hinunter in den Graben. Ich erreichte diesen Baum nun auch und blickte ihm nach. Er hatte mich tatsächlich auf ein Treffen eingeladen, sobald das alles hier vorbei war. Es kam überraschend, aber es freute mich. Bestimmt würde ich mich dann ein kleines bisschen weniger verloren fühlen. Ich rannte ebenfalls das letzte

Stück den Hang hinunter und kam schnaufend neben ihm zum Stehen.

»Ja, das klingt gut.«

Wir durchquerten den Graben und begannen, die Böschung auf der anderen Seite wieder hochzuklettern.

»Jetzt bist du dran«, sagte ich. »Erzähl mir etwas über dich, über dein Leben.«

Er verzog das Gesicht und seufzte, als wäre ihm das Thema unangenehm.

»Ich wuchs auf dem Land auf, weit weg von hier, zusammen mit meinen Eltern. Nach meinem Schulabschluss bin ich in der Stadt in eine kleine Wohnung gezogen und habe eine Weile bei meinem Onkel in seinem Fotostudio gearbeitet. Tja, und jetzt bin ich hier und werde Fotografie an der Kunstuniversität studieren.«

»Hört sich spannend an. Ich denke, ich möchte vielleicht auch etwas Kreatives machen.«

»Ja? Vielleicht findest du sogar etwas an derselben Uni, das dich interessiert.«

»Mal sehen, ich glaube, zuallererst will ich mir mal ein wenig von der Welt ansehen.« Ich wusste zwar noch nicht, wie ich das finanzieren sollte, aber irgendwie würde ich das sicher hinbekommen. Es war ja nicht so, dass die Regierung uns nicht für unsere Dienste im Wald entlohnen würde. Angeblich sollten jeder von uns zum Start ins neue Leben zwanzigtausend Euro bekommen, aber ob das viel war oder nicht, dafür hatte ich kein Gespür. Das würde ich erst herausfinden müssen.

Er bot mir seine Hand an, um mich ein Stück hochzuziehen. Wir waren mittlerweile schon fast oben angekommen und weil ich gerade wirklich nicht wusste, woran ich mich festhalten konnte, nahm ich sein Angebot dankend an. Ich griff nach seiner Hand und diese schloss sich warm und fest um meine. Überrascht darüber, wie sehr ich seine, wenn auch nur kurze, Berührung genoss, schnappte ich nach Luft und er zog mich zu sich hoch.

»Erinnerst du dich, wie du bei dem See gelandet bist?«, fragte ich ihn. Doch zu meiner Enttäuschung schüttelte er den Kopf.

»Nicht wirklich. Ich glaube, ich war im Wald unterwegs zum … O Mist!«, fluchte er. »Meine Kamera! Ich war im Wald zum Fotografieren, aber ich muss sie irgendwo verloren haben.« Er raufte sich die Haare und schloss für einen Moment die Augen. Diese Kamera schien ihm wichtig zu sein. »Dann war da diese Frau und mehr weiß ich nicht«, fuhr er fort.

Ich fragte mich, ob er es gewesen war, der so tief in den Wald eingedrungen war, oder ob es der Geist gewesen war, der so nahe an den Waldrand gelangt war. So oder so hatte er einen ziemlich weiten Weg hinter sich.

Mittlerweile waren wir schon ein ganzes Stück vorangekommen. Ich hatte einen zügigen Schritt drauf und Adam folgte mir widerstandslos in demselben Tempo. Die Sonne stand hoch am Himmel und ich zog mir meine Trainingsjacke aus, während ich mich auf Adams Höhe zurückfallen ließ.

Ich fragte ihn, welche Erinnerung der Wassergeist bei ihm angezapft hatte, welche Bilder seine Nähe in ihm hervorrief. Denn langsam wurde es Zeit, ihm die Wahrheit zu sagen, darüber, was auf ihn zukommen würde. Auch wenn mir davor graute, ihm das vermitteln zu müssen.

»Kein gutes Thema«, brummte er und sah auf den Boden vor sich.

»Ach, komm schon, erzähl.«

»Nein, wirklich. Lassen wir das.«

Seine Stimme klang bestimmt, aber ich wollte es mir nicht nehmen lassen, noch einmal nachzuhaken. »Sind es denn schlechte Erinnerungen?«

Er trat mit seinem Fuß gegen einen morschen Baumstumpf und atmete geräuschvoll ein, so als würde er seinen Ärger nur mit Mühe zurückhalten können. Mit solch einer heftigen Reaktion hatte ich nicht gerechnet. Ich rüstete mich gegen eine zornige Antwort und bereute es sofort, so aufdringlich gewesen zu sein.

Aber als er sprach, tat er dies weder lauter als sonst noch schwang Wut in seiner Stimme mit. Trotzdem hatte die Art, wie er es sagte, etwas Bedrohliches an sich.

»Was genau verstehst du daran nicht, dass es etwas ist, das dich nichts angeht? Nur weil du mir das Leben gerettet hast, heißt das noch lange nicht, dass du das Recht hast, mir solche Fragen zu stellen.«

Ich zuckte zusammen und Scham breitete sich ihn mir aus.

»Tut mir leid. Kommt nicht wieder vor.«

Es war offensichtlich keine schöne Erinnerung und nichts, das er mit mir teilen wollte, was auch kein Wunder war, denn wir waren praktisch Fremde. Ich konnte ihn verstehen und kam mir dämlich vor. Die aufkeimende Freundschaft, die ich glaubte, zwischen uns wahrgenommen zu haben, war verschwunden. Den Moment, ihm von seinem unausweichlichen Schicksal zu erzählen, verschob ich auf später.

Die Art und Weise, wie er seinen Weg fortsetzte – schnelle, grobe, aber kontrollierte Schritte –, machte mir deutlich, dass er die Wut unterdrückte und wie es in seinem Inneren brodelte.

Für die nächsten Stunden schwiegen wir, keiner sagte auch nur ein Wort, so als würden wir einen stummen Streit austragen. Er ging vor mir her und ich merkte, wie er mit seinem linken Bein

ein wenig hinkte, doch ich traute mich nicht, ihn darauf anzusprechen. Ich wusste nicht, ob er noch wütend auf mich war. Aber die Chancen auf ein paar Blasen an den Füßen standen gut.

Der Tag wich der Nacht und der Horizont färbte sich immer dunkler. Gerade noch rechtzeitig vor der vollkommenen Finsternis erreichten wir den Fuß eines schroffen Berges. Der dichte Wald endete ein paar Meter vor der Felswand und über stufenartig angereihte Steinbrocken gelangten wir auf ein etwas höher gelegenes Plateau, von dem eine schmale Höhle in den Berg hineinführte. Sie war wie die Hütte extra dafür gedacht, hier zu übernachten und eine Pause einzulegen. Umhüllt von Spinnweben und Staub lagen eine Decke und zwei Kissen feucht und modrig in der Ecke. Es war zwar nett gemeint, die hier zu deponieren, aber so ganz ohne Witterungsschutz wohl eher unbrauchbar. Ich machte mich daran, die angelegte Feuerstelle auszuräumen, und Adam suchte nach Feuerholz. Gegessen wurden die Dosenbohnen.

Wir hatten immer noch kein Wort gewechselt, aber die Stille zwischen uns fühlte sich nun nicht mehr beklemmend an. Seine Wut war verflogen und er strahlte wieder Ruhe aus.

Wir saßen nebeneinander mit dem Rücken zur Felswand und blickten in den schwarzen Wald. Tatsächlich sah ich nur schwarz, außer ich richtete meinen Kopf in Richtung des sternenübersäten Himmels. Dort war es ein wenig heller und ich konnte die dunklen Tannenspitzen sehen, die sich vom Hintergrund abhoben. Dies war einer der Anblicke, die mir Seelenfrieden schenkten. Oft lag ich nachts stundenlang auf einer Lichtung im Wald und bestaunte die vielen kleinen Sterne, die hoch über unseren Köpfen funkelten. Es war, als würde ich in ein unendliches Sternenmeer blicken, was es im Grunde ja auch war.

Adam räusperte sich.

»Hör mal, es tut mir leid, wie ich heute reagiert habe«, sagte er mit ernstem Ton und beendete damit die friedliche Stille, in der bis eben das Knacken des Feuers noch das einzige Geräusch gewesen war.

»Ach, schon okay, du hattest ja recht, es geht mich nun mal nichts an.«

»Ich hätte trotzdem nicht gleich so sauer sein dürfen. Aber weißt du, es geht hier um etwas, das mich sehr emotional werden lässt. Um etwas, über das ich eigentlich nicht sprechen will, weil es für mich bedeutet, daran denken zu müssen.«

»Adam, du musst auch jetzt nicht darüber sprechen, wenn du nicht willst. Du bist mir nichts schuldig.«

»Ich will es aber. Ich will, dass du mich kennenlernst, mit allem, was ich bin. Dieses Thema ist nun mal ein großer Teil von mir, den ich dir nicht vorenthalten möchte.« Er räusperte sich und stocherte unsicher mit einem Stock in der Glut herum. »Es sind die Erinnerungen an meinen kleinen Bruder.«

Nervös fuhr er sich mit der Zunge über die Lippen, ehe er weitersprach.

»Sein Name war Theo. Ich war fünfzehn und er war drei Jahre alt. Meine Eltern hatten einen Termin und ich musste auf ihn aufpassen. Es war nichts Außergewöhnliches, denn das tat ich öfter. Er war auf dem Sofa im Wohnzimmer eingeschlafen und ich saß am Tisch daneben und machte meine Hausaufgaben. Es war heiß und die Terrassentür stand offen. Ich verließ den Raum, um mir etwas zu trinken zu holen. Ich dachte mir nichts dabei, denn Theo schlief ja. Als ich zurückkam, war er weg.«

Er hielt inne und schwieg einen Moment. Seine Gesichtsmuskeln spannten sich an und es kostete ihn offensichtlich viel Mühe weiterzusprechen.

»Ich rannte in den Garten und ich weiß noch, mein erster Gedanke war: Hoffentlich ist er nicht zum Pool gelaufen. Zum Pool, dessen Zaun noch immer originalverpackt in der Gartenhütte stand, weil mein Vater die Montage seit Monaten vor sich herschob …« Er holte tief Luft. Seine Unterlippe bebte. »Aber genau dorthin ist er gelaufen, er ist hineingefallen und er … er ist ertrunken. Er ist ertrunken, weil ich nicht auf ihn aufgepasst habe.«

Er konnte seine Tränen nicht mehr zurückhalten. Hastig wischte er sie fort und wandte sich ab.

Ich war sprachlos. Mit so einer schrecklichen Geschichte hatte ich nicht gerechnet.

»Adam, das tut mir so leid. Aber es ist ganz bestimmt nicht deine Schuld. Du warst noch ein Kind und es war ein Unfall.«

»Dennoch war es meine Schuld. Ich habe die Tür offen stehen lassen und ich habe ihn nicht im Blick gehabt.«

Unsicher, wie ich reagieren sollte, nahm ich ihn in den Arm. Meine Worte würden ihm nicht helfen. Ich konnte mir das Maß dieser Schuldgefühle nicht im Geringsten ausmalen. Lange verharrten wir in dieser Position, bis er sich irgendwann von mir löste.

Der Ruf einer Eule hallte durch die Nacht.

Wir legten uns mit dem Rücken zur Felswand, um zu schlafen. Meine Gedanken wurden von Adams Geschichte beherrscht. Das Bild, das ich von ihm gehabt hatte, löste sich in Luft auf. Er war nicht nur irgendein unbeschwerter junger Mann. Nein, er war jemand, der bereits in diesem jungen Alter von sehr viel Schmerz und Leid geprägt worden war. Jemand, der eine dunkle Last mit sich trug. Ich fragte mich, ob das, was auf ihn zukam, womöglich sogar ein Segen für ihn sein konnte. Eine neue Chance auf ein Leben ohne diese schreckliche Erinnerung. Oder aber es würde alles nur noch schlimmer machen. Die Fakten zu kennen, ohne eine eigene Wahrnehmung der Geschehnisse zu haben.

Irgendwann fielen sanfte Regentropfen leise vom Himmel. Geschützt unter dem Felsvorsprung wurden meine Augen allmählich müde, bis ich endlich in den Schlaf überging, den ich nach diesem langen Tag so dringend nötig hatte.

6.

Gewitternacht

Adam

Ein gewaltiger Donner ließ mich mit seiner ohrenbetäubenden Lautstärke hochschrecken. Boden und Felswand vibrierten.

»Was zur Hölle!«, fluchte Liv neben mir, die ebenfalls völlig verwirrt aus dem Schlaf gerissen wurde. Mein Puls musste sich nach diesem Schock erst einmal wieder beruhigen. Leider blieb es nicht bei diesem einen Knall und auch auf den danach war ich nicht vorbereitet.

Es blitzte pausenlos. Der nächste heftige Donner folgte und zerriss die Nacht. Der sanfte Regen, dem ich beim Einschlafen noch gern gelauscht hatte, war mittlerweile zu einer dichten Regenwand mutiert. Der Wind schüttelte Bäume und Sträucher brutal durch und sorgte dafür, dass unser Schlafplatz nicht trocken blieb. Immer wieder kam ein Schwall Wasser mit den Windböen hereingeweht. Das Feuer war längst erloschen und spendete uns keine Wärme mehr.

Ich rückte weiter in die Höhle hinein, rückte näher an Liv heran, wollte mich dem Regen entziehen. Ich blickte sie fragend an, um sicherzugehen, dass meine Nähe für sie okay war. Sie nickte und rückte selbst so nahe wie möglich an die Felswand. Schulter an Schulter lagen wir nun dicht nebeneinander inmitten des Unwetters. Mein kleiner Finger fand ihren und strich sanft darüber, bis im nächsten Moment unsere Hände auch schon ganz vorsichtig ineinanderglitten. Bei jedem Blitz drückte sie meine Hand.

Eine Weile lagen wir so da und lauschten dem Gewitter bis der Donner mit jedem Mal leiser wurde und der Regen wieder sanfter. Ich drehte mich schließlich zur Seite und legte einen Arm um ihren Körper. Ich hielt sie fest und wärmte sie, denn mir fiel auf, dass sie zitterte. Was tat ich hier? Was machte sie mit mir? Ich kannte Liv nicht einmal zwei Tage und es fühlte sich so vertraut an, als hätten wir bereits die Ewigkeit zusammen erlebt. Ich hatte ihr von Theo erzählt, obwohl ich darüber in der Regel schwieg. Sie löste etwas in mir aus, das mir Angst machte.

Der Schmerz in meinem Nacken war das Erste, das ich wahrnahm, als ich am nächsten Morgen aufwachte. Dicht gefolgt von eisiger Kälte und Feuchtigkeit. Der harte Felsboden hatte allerdings auch auf nichts anderes hoffen lassen. Mit einem Lächeln stellte ich fest, dass wir noch immer in derselben Position dalagen, in der wir eingeschlafen waren. Die Sonne war bereits aufgegangen und dem Unwetter war ein strahlend blauer Himmel gefolgt. Vorsichtig löste ich meinen Arm von Livia. Ich wollte nicht, dass sie sich beim Aufwachen bedrängt fühlte oder sie diese Nähe nun, wo der Sturm vorbei war, nicht mehr als angebracht empfand. Doch es war zu spät. Sie rührte sich und drehte sich zu mir um, sah mir ins Gesicht und lächelte.

»Guten Morgen«, sagte sie.

Ein Stein fiel mir vom Herzen.

»Guten Morgen.«

Der Gedanke, sie zu küssen, drängte sich in meinen Kopf. Wie gern würde ich ihre weichen, wunderschönen Lippen berühren. Doch ich tat es nicht. Es kam mir nicht richtig vor. Ich wollte nichts überstürzen und das, was zwischen uns entstand, womöglich durch eine unbedachte Aktion zerstören.

Gähnend stand ich auf und streckte mich, um meinen Kreislauf in Schwung zu bringen.

»Heute haben wir es nicht mehr allzu weit, wir müssen nur auf die andere Seite des Berges«, sagte Livia und erhob sich ebenfalls.

»Was? Über diesen Berg? Nie im Leben schaffen wir das.« Skeptisch sah ich sie an und legte meinen Kopf in den Nacken, um die Bergspitze ausfindig zu machen, doch von hier unten war das unmöglich.

»Woher willst du denn wissen, was ich nicht alles schaffe?« Das Grün in ihren Augen funkelte und auf ihre Lippen hatte sich ein freches Grinsen gestohlen.

»Na ja, also, wenn du nicht zufällig eine ganze Kletterausrüstung in dem Rucksack versteckt hast, was ich stark bezweifle, dann garantiert nicht. Und auch wenn du es schaffen solltest, ich tue das nicht.«

»Zu deinem Glück müssen wir nicht wirklich darüberklettern. Wir gehen eher außen herum, aber dennoch ein Stücken bergauf.« Sie tat so, als würde sie ohne Probleme da hochkommen, aber der Schalk in ihrer Miene bestätigte mir, dass dem nicht so war.

Ganz in der Nähe unseres Schlafplatzes verlief ein Pfad. Entgegen meiner Erwartung war es kein steiniger Weg, viel mehr ein Waldweg, an dessen Rand unzählige Heidelbeersträucher wuchsen. Ich wünschte mir, meine Kamera dabeizuhaben.

»Sag mal, hast du gar kein Handy? Ich dachte, das hätte jeder in der *echten Welt*.«

Die Frage kam so unerwartet, dass ich davon noch mehr verwirrt war, als ich es ohnehin schon war, allein weil sie so absurd klang. Was für ein seltsamer Zufall, dass sie gerade jetzt dieses Thema aufwarf. In dem Moment, in dem ich an meine Kamera gedacht hatte. So, als könnte sie meine Gedanken lesen.

»Doch, sicher, es stimmt schon, heutzutage hat wirklich jeder ein Handy. Meines hat nur schon lange keinen aufgeladenen

Akku mehr und ist deshalb nutzlos. Hätte mein Akku funktioniert, dann wäre ich dir wahrscheinlich tatsächlich nicht gefolgt und hätte dich weiterhin für verrückt gehalten.«

»Was hat das denn mit dem Akku deines Handys zu tun?«

»Aufgeladen hätte es mir helfen können, den Weg aus diesem Wald zu finden, und ich wäre nicht auf deine Hilfe angewiesen gewesen. Vorausgesetzt, ich hätte Empfang gehabt, was eher unwahrscheinlich ist.«

Sie blieb stehen und eine Falte bildete sich über ihren Augen.

»Dir ist schon klar, dass du nicht wegen des Weges auf mich angewiesen bist, sondern weil ich dich vor einem Wassergeist zu retten versuche?«

Sie starrte mich an, als hätte ich ihr Frühstück geklaut.

»Ich weiß, natürlich ist das jetzt nicht mehr der Grund. Ich glaube dir ja. Zu Beginn war es aber ehrlich gesagt trotzdem der einzige, weshalb ich mit dir gegangen bin. Weil ich nicht wusste, wohin sonst.«

Sie schnaubte.

»Dann kannst du ja von Glück reden, dass der Akku aus war.« Mit energischen Schritten setzte sie ihren Weg fort.

»Wie wahr, dann hätte ich nämlich die Gelegenheit verpasst, dich kennenzulernen.«

»Dann wärst du jetzt vermutlich nicht mehr am Leben.«

»Du hättest mich sowieso nicht allein gelassen.«

»Auch wieder wahr. Kann ich es mal sehen?«

»Was sehen?«

»Das Handy.«

»Klar.«

Ich fischte es aus meiner Hosentasche und reichte es ihr. Sie nahm es so vorsichtig entgegen, als würde ich ihr ein Baby in den Arm drücken.

»Keine Angst, das hält schon was aus«, sagte ich.

»Und du könntest damit, wenn du einen funktionierenden Akku hättest, ein Foto von mir machen?«

»Das könnte ich. Und glaub mir, das hätte ich wirklich gern getan.«

Sie beäugte es skeptisch und gab es mir wieder zurück.

»Interessant«, kommentierte sie und ging weiter.

7.
Das Wiedersehen
Livia

Der Weg wurde steiniger und allmählich wurde deutlich, dass wir einen Berg hinaufwanderten. Gott sei Dank erreichten wir auch schon den höchsten Punkt unseres Weges. Meine Füße schmerzten und ich wusste nicht, wie lange ich sie noch zum Bergaufgehen hätte zwingen können. Erleichtert erblickte ich das rote Schild, das mir den Weg zeigte, den wir wieder hinuntergehen mussten. Nach einer weiteren Stunde durch den wunderschönen, moosigen Wald waren wir unserem Ziel schon sehr nah.

Ein lautes Geräusch beendete die Ruhe. Mein Herz blieb stehen und mir entfuhr ein spitzer Schrei. Beschämt stellte ich fest, dass Adam lediglich geniest hatte. Er fuhr zusammen und drehte sich zu mir um. Meine heftige Reaktion hatte ihm offensichtlich ebenfalls einen ordentlichen Schrecken eingejagt.

»Spinnst du?«

Er sah mich so entgeistert an, dass ich nicht anders konnte, als zu lachen. Ich lachte über diese seltsame Situation und unsere übertriebenen Reaktionen. Noch viel lustiger fand ich allerdings, dass er es im Gegensatz zu mir so gar nicht lustig fand. Er wirkte fast schon verärgert darüber, sich erschreckt zu haben.

»Tut mir leid«, brachte ich hervor.

Er drehte sich wieder nach vorn und marschierte weiter, so, als wäre nichts passiert. Für mich war die Sache zu seinem Pech allerdings noch nicht vergessen. Ich konnte mich nicht beherrschen und prustete alle paar Sekunden erneut los, bis mir die Tränen kamen.

»Was ist daran bitte so lustig?«

»Nein, Adam, die eigentliche Frage lautet: Was ist daran bitte *nicht* lustig?«

Er schüttelte den Kopf. Okay, kapiert, erschreckt zu werden, fand er also nicht so witzig.

Eine Weile später erreichten wir die Lichtung mit dem Tempel. Tatsächlich war es nur ein riesiges, sehr altes Haus, umgeben von dichtem Wald mit jeweils zwei Türmchen zu beiden Seiten. Die Mauern waren aus grauem Stein erbaut und fast überall mit wildem Wein und Efeu bewachsen. Eine breit geschwungene Treppe mit einem verschnörkelten, dunklen Stahlgeländer führte zu einer schweren Eingangstür, die ebenso wie die Fensterläden in einem satten Weinrot gestrichen war. Normalerweise waren hier ein paar Leute positioniert. Sie hielten es instand und leiteten die Rituale, wenn es welche gab. An diesen Ort wurde Flynn damals geschickt und seitdem hatte er hier gewohnt. Nun allerdings sollte hier niemand mehr sein. So wie in unserem Dorf. Der Gedanke daran versetzte mir einen kleinen Stich. Wie es den anderen wohl gerade ging?

Ich hatte weder eine Ahnung von dem Ablauf des Rituals noch kannte ich mich mit dem Gebäude aus. Diesen Umstand konnte ich bis jetzt gut ignorieren. Doch nun, wo es so weit war, blieb mir wohl nichts anderes übrig, als mich mit der Tatsache zu konfrontieren, dass ich für das, was jetzt kam, nicht ausgebildet war. Aber eine andere Wahl hatte ich ohnehin nicht. Ich musste mein Bestes geben, um Adam zu retten.

Ich war bereits die paar Stufen zur Eingangstür hinaufgestiegen, als ich merkte, dass er mir noch nicht folgte. Er stand wie angewurzelt da und starrte das Haus mit einer Begeisterung an, die mich zum Schmunzeln brachte. Mit einem Grinsen im Gesicht wandte ich mich der Tür zu und drückte sie auf.

»Warte, bis du erst das Innere siehst«, holte ich ihn aus seinen Gedanken und er folgte mir.

Der Fußboden der Eingangshalle war mit schwarzen und weißen Fliesen ausgelegt, die in einem Schachbrettmuster angeordnet waren. Der Raum hatte hohe Decken und wurde von dem vielen Licht, das durch die große Glaskuppel über uns hereinfiel, durchflutet. Vor uns führte eine breite Steintreppe hinauf in die oberen Etagen. Links und rechts davon zierten zwei korinthische Säulen den Aufgang.

»Komm, ich zeig dir gleich dein Zimmer. Wir sind hier sicher vor dem Geist, auch in diesen Wänden stecken Amethyste.«

Ich deutete auf den linken Steinbogen.

»Jedes Zimmer hat auch ein Bad mit Dusche und verschiedenen Anziehsachen, da kannst du dir dann einfach was aussuchen.« Ich führte ihn durch einen schmalen Gang, von dem mehrere geschlossene Türen abgingen. Bei einer dieser Türen blieb ich stehen und bedeutete Adam, dass dies sein Zimmer war.

»Meines ist das gegenüber.« Ich räusperte mich. »Also ruh dich aus, mach dich frisch, was auch immer du willst. Ich werde mich jetzt mal schlaumachen, wie es weitergeht, dann klopf ich bei dir, okay?«

Er nickte.

Die Tür fiel hinter ihm ins Schloss und ich atmete erst einmal tief durch. Wie zur Hölle sollte ich jetzt weitermachen? Ich hoffte, hier irgendwelche Hinweise in Bezug auf das Ritual und die Gegenstandssuche zu finden.

In den hinteren Räumen des Ganges lagen die Zimmer der Wächter. Ich ging auf eine der Türen zu und mein Herz raste regelrecht, solche Angst hatte ich davor, enttäuscht zu werden und nichts Brauchbares zu finden. Wie sollte ich Adam erklären, dass ich ab jetzt keine Ahnung mehr hatte? Dass ich nur dafür ausgebildet worden war, ihn hierherzubringen, und an diesem Punkt eigentlich jemand anderes übernehmen sollte?

Mit der Hand auf der Türklinke schloss ich kurz meine Augen und schickte ein Stoßgebet in den Himmel. Ich öffnete die Tür und stellte erleichtert fest, dass der Raum noch nicht leer war und wie erhofft ein Regal mit jeder Menge an Ausbildungsbüchern darin war. Jetzt musste ich nur noch eines finden, das die Portale und das Ritual behandelte.

Wehmütig nahm ich eines der roten Leinenbücher aus dem Regal und strich vorsichtig mit den Fingern über die goldenen Lettern. Lange war es her, dass ich diese Bücher täglich in den Händen gehalten hatte. *Kampfmethoden* hieß dieses hier. Aber ich suchte nach einem anderen Titel. Gerade als ich glaubte, das richtige gefunden zu haben, und ein Buch mit dem Aufdruck *Das Wichtigste über Portale* zwischen den anderen herauszog, ertönte eine tiefe männliche Stimme hinter mir – die ich nur allzu gut kannte.

»Livi, da bist du ja endlich. Hab mich schon gefragt, wo du bleibst.«

Vor Schreck ließ ich das Buch fallen und es landete auf meinem Fuß.

»Aua!«, entfuhr es mir. »Flynn. Was machst du denn hier?« Ich bückte mich und hob es wieder auf. Mein Schuh hatte den Aufprall des Buches zwar größtenteils abgefangen, aber die Kante hatte sich dennoch schmerzhaft durch den Stoff gestoßen. »Ich dachte, ihr seid alle weg.«

»Wäre ich auch, hättest du nicht darauf bestanden, diesen Typen zu retten.« Er löste sich von dem Türrahmen, an dem er bis gerade eben noch gelehnt hatte. Seine schwarzen Haare standen ihm wirr vom Kopf ab.

»Mein Vater hat mich kontaktiert. Er meinte, ich solle dir hier noch behilflich sein«, fuhr er fort und kam mit langsamen Schritten auf mich zu.

Hendrik hatte mich also doch nicht im Stich gelassen.

Dicht vor mir blieb er stehen und nahm mir das Buch aus den Händen.

»Das wirst du nicht brauchen, ich bin ja jetzt hier«, flüsterte er mir ins Ohr, während er sich zu mir beugte, um das Buch hinter mir zurück ins Regal zu stellen. Es war mir unangenehm, ihm plötzlich so nah zu sein, zu lange hatten wir uns nun schon nicht mehr gesehen. Auch wenn wir davor ein Paar gewesen waren, so waren wir es jetzt nicht mehr. Trotz unserer Vergangenheit kam er mir in diesem Moment fremd vor.

»Bist du denn gar nicht sauer? Du könntest fei sein.«

»Sauer? Bei jedem anderen wäre ich es gewesen, aber mit dir verbringe ich doch gern noch ein paar Abenteuer«, raunte er und strich mir mit kühlen Fingern über die Wange. Seine Nähe wurde mir zu viel. Instinktiv wollte ich ihm ausweichen, den Abstand zwischen uns wieder vergrößern. Wollte nicht so von ihm berührt werden, als wäre da noch etwas zwischen uns, denn da war nichts. Das letzte halbe Jahr hatte ich es gut geschafft, mich emotional von ihm zu lösen. Mich damit abzufinden, dass das zwischen uns für ihn nur eine Romanze gewesen war, für die die räumliche Distanz ein gerechtfertigter Grund zum Beenden der Beziehung gewesen war.

Bei dem Versuch, ihm auszuweichen, vergaß ich allerdings das Regal hinter mir und stieß unsanft dagegen.

Flynns Augen weiteten sich überrascht. Er verstand aber, dass er mir zu nahe gekommen war, trat zurück und hob die Hände.

»Tut mir leid, ich dachte, du hättest mich auch so vermisst wie ich dich, ich dachte, ich hätte so etwas wie Funken zwischen uns wahrgenommen.« Er zwinkerte mir auf eine entschuldigende Art und Weise zu. Wie auch immer er das zustande brachte.

»Flynn, wir sind nicht mehr zusammen! Was erwartest du denn von mir? Nachdem du mit mir Schluss gemacht hast mit den Worten, du würdest dich hier ohne Einschränkungen ausleben wollen und es wäre besser, wir würden uns einfach gleich trennen. Dann meldest du dich ein ganzes Jahr lang nicht und jetzt erwartest du *Funken?*«

»Ich wusste doch nicht, dass dich das so sehr verletzt hat.« Erstaunt sah er mich an. Sein Blick wurde ernster und ich meinte, einen Hauch von Reue in seiner Stimme zu erkennen. »Ich war der Meinung, wir hätten dieses Problem damals sehr erwachsen gelöst, wir haben doch darüber gesprochen und du warst genauso der Meinung, dass es uns nur nach vorn bringen würde, nicht aneinandergekettet zu sein, sich nirgendwo eingeschränkt fühlen zu müssen, Erfahrungen zu sammeln, anstatt durch eine Fernbeziehung all das zu verpassen.«

Diese Worte erneut aus seinem Mund zu hören, riss eine Wunde in mir auf, von der ich angenommen hatte, sie wäre bereits vollständig geheilt.

»Ich konnte dir doch nur zustimmen. Glaubst du, ich wollte in einer Beziehung bleiben, in der du dich eingeschränkt fühlst? Das Gefühl haben musstest, wir wären aneinandergekettet? Eingesperrt? Ich war damals wahnsinnig enttäuscht, als mir klar wurde, dass dir unsere Beziehung nicht wichtig genug war, um darum zu kämpfen. Da habe auch ich aufgegeben und so getan, als wäre es unsere gemeinsame Entscheidung. Ich wollte nicht als diejenige dastehen, die verlassen wurde, nur um dann von jedem bemitleidet zu werden. Im Grunde war mir dieses Gedankengut, wir würden uns gegenseitig einschränken, völlig fremd gewesen. Ich war mir sicher, ich wollte ohnehin nur dich.«

Sprachlos sah er mich an, völlig überrumpelt von den Dingen, die ich ihm gerade gebeichtet hatte. Ich konnte ihm ansehen, wie in ihm eine Welt zusammenbrach.

»Ich … es tut mir wirklich leid. Ich dachte, es wäre die beste Lösung für uns gewesen.«

»Vielleicht war es das im Endeffekt ja auch. Ich habe unser Kapitel jedenfalls abgeschlossen und es wird kein weiteres geben, in dem zwischen uns etwas ist.«

Es tat so unglaublich gut, frei auszusprechen, was ich damals wirklich gefühlt hatte.

»Tja, schade, das hatte ich mir dann wohl aufregender vorgestellt.« Die Betroffenheit in seinem Gesicht war in Sekundenschnelle seinem typisch spöttischen Grinsen gewichen. Er hatte dichtgemacht. Aber es hatte ausgereicht, um zu erkennen, dass ihn meine Worte ehrlich getroffen hatten. Er verließ das Zimmer und ich blieb verwirrt zurück. Warum warf ihn das so aus der Bahn? Waren da seinerseits immer noch Gefühle für mich im Spiel? Nach all den Monaten völliger Stille zwischen uns?

8.

Bombastische Gewürzmischung

Livia

Nachdem Flynn aus dem Zimmer verschwunden war, brauchte ich noch einen Moment, um meine Gedanken zu sortieren, ehe ich unter die Dusche sprang und mir etwas Passendes zum Anziehen suchte.

Ich klopfte an Adams Tür, um ihn zu holen, erhielt aber weder eine Antwort noch wurde mir geöffnet. Ob er eingeschlafen war? Ich ging jedenfalls davon aus, beschloss, es dabei zu belassen und stattdessen in der Küche nach etwas Essbarem zu suchen. Mein Magen knurrte. Je näher ich meinem Ziel kam und von der Eingangshalle aus in den rechten Teil des Hauses steuerte, umso lauter und deutlicher drang Gelächter an mein Ohr. Darunter eindeutig Adam. Aber da war noch jemand, jemand mit einer hellen, weiblichen Stimme.

Ich bog um die Ecke und kam im Türrahmen der Küche zum Stehen. Der Geruch von kochendem Nudelwasser stieg mir in die Nase und mein Magen reagierte darauf mit noch mehr Hunger.

Die Küche war groß und hell. Mittig stand ein riesiger Esstisch aus dunklem, teuer wirkenden Holz, über dem ein großer Kronleuchter von der hohen Decke baumelte. Flynn stand am Herd und goss Spaghetti in ein Sieb ab, während neben ihm eine hübsche, rothaarige junge Frau in einem Topf rührte. Ich kannte sie vom Sehen, sie war ein wenig älter als Flynn und ich glaubte, mich zu erinnern, dass ihr Name Gerda war. Augenscheinlich war Flynn nicht der einzige übrig gebliebene Wächter. Waren die zwei ein Paar? Doch so wie Flynn sich vorhin verhalten hatte, wohl eher nicht.

»Die beiden meinten, es wäre jetzt ihre Aufgabe, den passenden Gegenstand für mich zu finden«, sagte Adam mit einem Kopfnicken in Richtung Herd und verteilte vier Teller und Besteck auf dem Tisch.

»Allerdings«, mischte Flynn sich ein. »Doch als Erstes gibt es etwas zu essen, ihr habt bestimmt Hunger.«

Ich hoffte, keiner von ihnen würde Adams Erinnerungsverlust erwähnen. Bei dem Gedanken daran wurde mir übel. Ich hätte es ihm längst sagen müssen …

Die junge Frau, von der ich glaubte, sie würde Gerda heißen, stellte sich mit eben diesem Namen vor. Ihre leise Stimme ließ sie ein wenig schüchtern wirken.

Ich setzte mich auf den Stuhl neben Adam. »Sind noch mehr von euch hier?«, fragte ich. Zwar registrierte ich, dass nur vier Teller aufgedeckt worden waren, aber das musste ja nichts heißen.

»Nein, nur wir. Ich wollte auch noch bleiben, als ich erfuhr, dass du uns jemanden bringen würdest, verrückt, was? Völlig unerwartet. Aber ich finde es toll, unsere Ausbildung doch noch nutzen zu können«, antwortete Gerda und strich sich dabei aufgeregt eine Haarsträhne hinters Ohr. »Oh, Verzeihung, Adam, ich wollte damit natürlich nicht sagen, dass ich gut finde, was dir passiert ist. Das ist es auf keinen Fall, versteh mich nicht falsch.« Sie wandte sich mit zerknirschtem Blick an Adam, der jedoch lediglich abwinkte und ein »Schon gut« murmelte.

Ich konnte sie verstehen, meine Beweggründe waren ihren nicht unähnlich. Ich stimmte ihr vollkommen zu, dass es ein gutes Gefühl war, zu wissen, dass all die Jahre der Ausbildung doch einen Sinn hatten.

Meine Geschmacksknospen explodierten unmittelbar, nachdem eine Gabel voll Nudeln in meinem Mund gelandet war. Das waren definitiv keine gewöhnlichen Spaghetti mit Tomatensoße, nein, da war etwas, dass ich noch nie zuvor geschmeckt hatte, etwas, das mich an Zitrone erinnerte, an Thymian und Rosmarien. Flynn beobachtete mich von seinem Platz gegenüber.

»Deinem Gesichtsausdruck nach findest du die Spezialgewürzmischung von Gerda genauso umwerfend wie ich«, sagte er.

»Was ist das?«, wollte ich wissen und lenkte gleichzeitig all meine Sinne auf diesen Geschmack, um das Rätsel vielleicht doch noch selbst lösen zu können. Vergebens. Ich konnte nicht beschreiben, wonach es schmeckte. Würzig und mild zugleich. Nach frischen Limetten aber auch wieder nicht. Ein bisschen scharf, aber auf eine angenehme Art und Weise.

»Ach, das ist nichts Besonderes, es sind nur verschiedene Kräuter aus dem Wald. Aber so wie jeder immer darauf abfährt, habe ich beschlossen, diese Mischung nicht zu verraten und sie gleich in der *echten Welt* als meine Geschäftsidee anzusehen«, antwortete sie mit einem stolzen, aber auch verlegenen Lächeln.

Ich freute mich für sie, dass sie bereits konkrete Pläne für die Zukunft hatte, erinnerte mich aber daran, wie planlos ich diesbezüglich war. Ich hatte keinen Schimmer, was ich beruflich außerhalb dieses Waldes anstellen sollte, und verdrängte diese Gedanken immer gern. Es gab zwar eine Art Eingliederungsorganisation, die uns helfen sollte, einen Job oder eine Wohnung zu bekommen, und generell als Unterstützung beim Zurechtfinden diente, aber ich war mir nicht sicher, ob ich den Rest meines Lebens tatsächlich mit irgendeinem Job, der mir einfach zugeteilt wurde, zufrieden sein konnte. Ich hoffe wirklich, in dieser Hinsicht noch eine Erleuchtung zu erleben und zu wissen, was ich wollte.

»Warum wart ihr nicht bei dem Fest?« Diese Frage schwirrte schon die ganze Zeit in meinem Kopf herum.

Flynn schluckte hinunter und antwortete mir. »Wir haben uns im Tag geirrt, sind zu spät aufgebrochen.«

»Und wie konnte euch Hendrik so schnell kontaktieren?«

Flynns Mundwinkel hoben sich zu einem Grinsen und er holte etwas unter dem Tisch hervor. Es war ein kleines, schwarzes, eckiges Gerät mit einer Antenne.

»Du hast ein Handy?« Ungläubig starrte ich ihn an.

Adam lachte neben mir und Flynn schüttelte den Kopf.

»Nicht ganz. Aber so ähnlich. Das hier ist ein Funkgerät. Wir haben eines, um mit dem Dorf in Verbindung bleiben zu können.«

Das war interessant. Davon hatte ich nichts gewusst. Aber es wäre eine weitere Möglichkeit gewesen, wie Flynn und ich hätten Kontakt halten können. Ich zwang mir ein Lächeln ins Gesicht und aß weiter.

Etwa eine Stunde später fanden wir uns vor der breiten Treppe in der Eingangshalle wieder. Mir wäre lieber gewesen, die Sache erst morgen anzugehen und heute noch ein wenig Schlaf nachzuholen, aber die anderen wollten keine Zeit verlieren. Gerda hatte für jeden einen Rucksack mit Proviant gepackt und verteilte sie. Wir würden heute durch eines der drei Portale im oberen Stock springen. In eine Welt, in der hoffentlich der passende Gegenstand für Adams Erinnerung war. Wir wussten nicht, wie lange wir dortbleiben würden. Es konnte Tage dauern, aber auch nur Minuten. Es kam ganz darauf an, wie schnell der Gegenstand zu Adam fand.

»Na, dann kommt mal mit«, sagte Flynn und warf sich seinen Rucksack über die Schultern. Er wirkte gut gelaunt, keine Spur von dem, was vorhin zwischen uns geschehen war.

»Ah, ich freu mich so!«, stieß Gerda euphorisch aus und hüpfte hinter Flynn die Treppen hoch. Ihre langen roten Haare hatte sie zu einem lockeren Dutt zusammengebunden. Sie trug eine weite beigefarbene Hose und dazu einen schwarzen, engen Pullover.

Diese Welten waren beeindruckend und wunderschön. Jeder schwärmte davon, der gegen Ende der Ausbildung eine Expedition dorthin unternommen hatte. Doch mir kam es immer so vor, als würde die Tatsache, dass dies nicht einfach nur das Paradies war, sondern ein Ort voller Gefahren, die von uns nicht kontrolliert werden konnten, von jedem ignoriert. Ich hingegen hatte mich schon damals beim Schulausflug dort nicht wohlgefühlt und würde es bestimmt auch heute nicht tun. Es machte mir Angst zu wissen, dass es dort Magie gab, dass dort vermutlich weitaus Schlimmeres hauste als ein Wassergeist. Mit einem Wassergeist wusste ich umzugehen, ihn konnte ich besiegen, das hatte ich immerhin gelernt. Doch wie sollte ich etwas besiegen können, von dem ich nicht einmal wusste, dass es existierte? Die einzige Waffe, die ich besaß, war die schmale Klinge an meinem Gürtel. Aber auch Flynns oder Gerdas Kampfausrüstung war nicht gerade besser.

»Alles okay bei dir?« Adam drehte sich zu mir um und sah mich fragend an. Er war ein paar Stufen über mir. Ich musste mich in meinen Gedanken verloren haben, denn ich stand noch immer unten in der Halle.

»Ja klar. Sicher. Alles gut, ich bin nur ein wenig aufgeregt. Kommt nicht oft vor, dass man die anderen Welten sieht«, antwortete ich und folgte ihm.

Wir kamen neben Gerda und Flynn vor einer runden, schwarzen Metalltür zum Stehen, die von unzähligen floralen Ornamenten geschmückt wurde.

Flynn warf Adam einen Blick zu. »Bereit?«, fragte er ihn. Adam nickte knapp und daraufhin machte Flynn sich auch schon daran, die Drehscheibe am Portal langsam zu öffnen. Jede Umdrehung ließ die Anspannung in mir größer werden. Ein dumpfes Geräusch erklang, so, als hätte die Tür unter Druck gestanden, und die dahinter eingeschlossene Luft würde nun endlich entweichen können. Flynn drückte sie auf und musste dafür sein ganzes Gewicht einsetzen. Ich sah dies nicht zum ersten Mal, aber trotzdem blieb mir bei dem Anblick die Luft weg, es war so surreal. Vor uns tat sich ein Loch bestehend aus glitzernder, flimmernder Schwärze auf. Als wäre es eine Tür ins Weltall. Im Grunde war dieser Vergleich gar nicht so weit hergeholt. Wir waren schließlich gerade auf dem Weg in eine andere Welt, eine Welt, die nicht auf unserer Erde lag.

Mein Blick glitt zu Adam, für ihn musste es noch viel heftiger sein, das zu sehen. Er hatte sein Leben lang nichts von all dem hier gewusst. Für ihn war Magie bisher nur ein Märchen gewesen und das sah man ihm auch an. Er wirkte ein wenig verstört und ich konnte mir ein Schmunzeln nicht verkneifen. Unsere Blicke trafen sich, und als er registrierte, dass ich ihn schon länger amüsiert beobachtete, warf er mir einen bösen Blick zu.

»Und da sollen wir jetzt einfach reingehen? Ins Nichts?«, fragte er skeptisch, so als wäre er sich nicht sicher, ob wir ihn nicht doch alle nur auf den Arm nehmen würden.

»Ganz genau«, sagte Flynn mit einem breiten Grinsen im Gesicht. »Keine Sorge, es passiert nichts Schlimmes, du gehst da rein und fällst, bis du schließlich sanft auf dem Boden in der anderen Welt landest. Gerda, machst du den Anfang? Oder du, Liv?« Flynn sah zwischen uns hin und her, aber ehe ich reagieren konnte, kam mir Gerda zuvor und sprang ins Portal. Weg war sie.

»Man fällt also runter? Und die Landung soll sanft sein? Sagst du das jetzt nur zur Beruhigung und in Wirklichkeit knallt man leider doch auf den Boden?«

»Nein, es wird dir wirklich nicht wehtun. Vertrau mir, ich würde das hier sonst nicht mitmachen«, besänftigte ich Adam. Ich nahm an, die Nächste zu sein und trat vor das Portal, in dem Gerda verschwunden war. Obwohl ich wusste, dass es nicht schlimm sein würde, klopfte mein Herz in viel zu wildem Rhythmus gegen meinen Brustkorb. Zum dritten Mal sagte ich mir in Gedanken nun schon *jetzt*, aber mein Körper kam diesem Befehl nicht nach. *Mist! Jetzt trau dich endlich*, dachte ich. In der nächsten Sekunde schaltete sich mein Kopf aus und ich tat es einfach. Ich sprang in die schwarz-glitzernde Finsternis.

Schwerelosigkeit umfing mich, ehe sie mich verließ und mein Körper fiel. Ich schloss meine Augen und betete, dass meine Landung auch wirklich sanft werden würde. Und dann setzte auch schon wieder dieses Gefühl der Schwerelosigkeit ein und ich wurde ganz langsam wie auf Wolken von einer unsichtbaren Kraft nach unten getragen. Bis schließlich etwas Weiches unter meinem Rücken war. Ich war gelandet und die Finsternis war verschwunden. Von der Sonne gewärmtes Gras unter meinen Händen und der Duft des Frühlings erfreuten meine Sinne.

Ich öffnete die Augen und erblickte um mich herum Wald. Seine Ränder waren übersät mit weißen und rosafarbenen Buschwindröschen. Vereinzelt konnte ich auch ein paar gelbe Schlüsselblumen ausmachen und Unmengen an türkisfarbenen Blumen in den verschiedensten Formen und Größen. Diese waren mir neu. Ich sah mich nach Gerda um und erblickte sie bei genauerem Hinsehen zwischen den Bäumen, ein paar Meter im Inneren des Waldes. Sie hockte am Boden, umringt von einem Meer aus jungen Brennnesseln, die sie in einer mitgebrachten Leinentasche sammelte. Das Knacken der Äste und das Rascheln des Laubes unter meinen Füßen ließ sie zu mir aufblicken.

»Was machst du da?«, fragte ich ein wenig irritiert.

»Nun ja, ich sammle ein paar der Brennnesseln und werde mir wohl auch etwas von dem Bärlauch dort hinten mitnehmen, das kann ich mir nicht entgehen lassen. Beim letzten Mal habe ich es mächtig bereut, keine Tasche mitgehabt zu haben. Es gibt einfach nichts Besseres als eine gute Brennnesselsuppe.«

Unweigerlich fragte ich mich, wie oft sie Ausflüge hierher unternommen hatten.

»Aber wir sind doch wegen Adam hier.«

»Mach dir da mal keine Sorgen, ich werde niemanden aufhalten.«

»Wie kannst du dir so sicher sein, dass das hier nicht giftig ist? Ich meine, ja, es sieht wohl aus wie Brennnesseln, aber wir sind hier nicht in unserer Welt, das ist dir schon klar, oder? Hier gelten nicht dieselben Regeln wie bei uns.«

Gerda sah mich genervt an. »Mann, Livia, jetzt bestärke nicht auch noch meine Sorgen. Ich weiß es ja, aber sagen wir mal so, ich glaube einfach nicht, dass dies hier eine andere Brennnessel ist, als die, die wir kennen. Sie verpasst einem auch genau den gleichen fiesen Ausschlag, wenn man sie berührt.« Als Beweis dafür streckte sie mir ihre Hand hin, die bereits von vielen kleinen weißen Bläschen übersät war.

»Okay, okay, ich wäre aber trotzdem vorsichtig. Wie gesagt, wir kennen die Regeln in dieser Welt nicht und Bärlauch lässt sich ja selbst in unserer Welt leicht verwechseln.«

»Ja, schon klar, das weiß ich doch. Glaub mir, ich kenne mich aus. Ich weiß, was ich tue, und erkenne den Unterschied zu Maiglöckchen.«

»Ich werde deine Hexensuppe trotzdem nicht essen«, ertönte Flynns Stimme hinter uns und mein Magen verkrampfte sich. »Wie Livi schon sagte, wir wissen nichts über diese Welt.«

Gerda warf die letzten Brennnesseln in ihren Beutel und stand auf. »Als ob du sie essen würdest, wenn ich die Sachen zu Hause gepflückt hätte«, sagte sie ernst und sah in tadelnd an.

»Da hast du allerdings recht. Ich stehe nicht besonders auf Vergiftungen.«

9.

Gefährliche Faszination

Adam

Die Welt sah aus wie unsere. Das fiel mir als Erstes auf, als ich meine krampfhaft zugedrückten Augen nach dem Sprung wieder öffnete. Zugegeben, es enttäuschte mich schon ein wenig. Von einem Ausflug in eine andere Welt erwartete ich doch nicht, dass diese genauso aussehen würde wie die, die ich schon kannte. Viel mehr hatte ich mit einem Haufen Aliens und Science-Fiction-Landschaften gerechnet, aber nicht damit.

Ich rappelte mich auf und verschaffte mir einen Überblick. Womöglich war mein Urteil etwas zu voreilig gewesen.

»Heil angekommen?« Flynn war neben mir aufgetaucht. Doch er ließ mir keine Zeit für eine Antwort und fuhr fort. »Wie vorhin schon erklärt, gibt es hier mit großer Wahrscheinlichkeit etwas, das von dir gefunden werden möchte. Diese Welt wird dich zu deinem Gegenstand führen. Du musst nur auf sie hören. Alles klar?«

Auch dieses Mal wartete er meine Antwort nicht ab und marschierte auf die Mädchen zu, die im Wald über etwas diskutierten. Wenn ich Flynns Anweisung richtig interpretierte, dann hatte er keinen Plan, wie es nun weitergehen sollte. Er erwartete von mir, mich leiten zu lassen. Von dieser Welt. Ja. Alles klar.

Wir erreichten Livia und Gerda und ich beobachtete, wie sich Livias Stimmung schlagartig veränderte. Ich merkte, wie sie sich verschloss, sobald Flynn in der Nähe war. Beim Essen vorhin war mir das auch schon aufgefallen. Erst dachte ich, ich hätte etwas falsch gemacht, doch so wie sie ihn immer ansah, wie sie seinen Blicken auswich, gab es da definitiv etwas zwischen den beiden, das ihr Unbehagen bereitete. So sympathisch mir dieser Kerl anfangs auch gewesen war, verschwand das Gefühl mit dieser Erkenntnis. Es gefiel mir nicht, wie unwohl sich Livia in seiner Nähe fühlte.

Wir folgten Flynn, der einem schmalen Pfad durch hohe Laubbäume nachjagte, und mich beschlich immer mehr die leise Ahnung von Planlosigkeit seinerseits.

»Spürst du schon irgendetwas?«, kam es von ihm, der sich von Zeit zu Zeit zu mir umdrehte und diese Frage nun schon zum gefühlt hundertsten Mal stellte. Wieder musste ich verneinen.

Livia ließ sich zu mir zurückfallen und wir bildeten gemeinsam das Schlusslicht. Sie sah müde aus, was nach den Strapazen der letzten Tage nicht verwunderlich war. Mit ihren tiefgrünen Augen sah sie mich an und strich sich eine dunkle Strähne hinters Ohr, die sich aus ihrem Zopf gelöst hatte.

»Was wird das Erste sein, das du tun wirst, wenn du wieder zu Hause bist?«, fragte sie mich und ich musste nicht lange überlegen.

»Ich schätze, ich würde dafür sorgen, dass du so bald wie möglich ein Handy hast, um mich gleich zu ein paar Dates mit dir verabreden zu können.«

»Ach ja?« Überrascht hob sie ihre Augenbrauen.

Ich nickte. »Ja. Ich will dich kennenlernen.«

Ein Lächeln legte sich auf ihre Lippen und mein Herz tanzte vor Freude. Es war ein wunderschönes Lächeln, das schönste, das ich je in meinem Leben gesehen hatte.

»Und du? Was möchtest du als Erstes ausprobieren, wenn wir dort ankommen?«, stellte ich ihr die Gegenfrage.

Sie tat so, als müsste sie angestrengt darüber nachdenken, aber dann lachte sie. »Ich möchte unbedingt einen Burger essen.«

Ihre Antwort brachte mich durch ihre Banalität ebenfalls zum Lachen. »Also, wenn das so ist, dann weiß ich auch schon, wo unsere erste Verabredung stattfinden wird, du wirst das Essen lieben, das verspreche ich dir.«

»Habe ich da etwas von einem Date gehört?«, klinkte sich Flynn ein. Auch er hatte sich zurückfallen lassen und ging nun auf der anderen Seite neben Livia her. Lediglich Gerda hatte kein Interesse an Unterhaltungen. Sie wanderte schon die ganze Zeit über stillschweigend vor sich hin und absorbierte dabei den Wald, als wäre sie eine Elfe oder so was.

»Nein«, sagte Livia knapp.

»Du weißt, dass ich nicht taub bin, Livi.«

Ich runzelte die Stirn und wusste nicht genau, wie ich sein Verhalten einordnen sollte.

»Es kann dir jedenfalls egal sein.«

»Oh, das wäre es, hätte ich dich nicht heute Morgen ebenfalls um ein Date gebeten.«

Er hatte was? War das der Grund, weshalb sie sich ihm gegenüber so verschlossen verhielt?

»Genau genommen hast du das nicht. Aber hättest du's, wäre die Antwort Nein gewesen. War das deutlich genug?«

»So deutlich wie die Spannung zwischen uns.« Er zwinkerte und legte an Tempo zu, sodass er wieder vorn auf Gerdas Höhe war.

»Bald erreichen wir unser erstes Ziel!«, rief er noch über die Schulter.

Er hatte also doch einen Plan, der nicht lediglich daraus bestand, durch den Wald zu irren, bis ich etwas wahrnahm, dass mich dem Gegenstand näher brachte.

»Was meinte Flynn vorhin?«, stelle ich Livia endlich die Frage, die ich mich die letzten paar Minuten noch nicht auszusprechen getraut hatte, weil ich befürchtete, ihr damit Unbehagen zu bereiten.

»Ach, gar nichts. Vergiss es einfach.« Verlegen blickte sie zu Boden.

»Bedrängt er dich? Soll ich mal mit ihm reden?«

»Bloß nicht! Er … wir waren mal ein Paar. Früher. Bis er als Wächter in dieses Haus musste. Und nun dachte er wohl, er könnte dort weitermachen, wo wir aufgehört haben.«

»Liebt er dich noch?«

»Liebe würde ich es nicht nennen, nein.«

»Und du ihn?«

»Auf gar keinen Fall!«

Diese Antwort kam schnell. Vielleicht ein wenig zu schnell. Eine Welle der Eifersucht überrollte mich. Zu wissen, dass die beiden eine so enge Verbindung zueinander hatten und ich sie im Grunde kaum kannte, störte mich ein wenig. Auch wenn ich wusste, dass das eigentlich keine Rolle spielen sollte.

Eine Burg thronte in der Ferne auf einer Anhöhe. Die Türmchen und Mauern waren bereits durch die Baumwipfel zu sehen. Umso näher wir kamen, desto dunkler und dichter wurde der Wald um uns herum. Die Bäume veränderten sich. Anstelle von lichtdurchlässigen Laubbäumen waren wir nun umringt von alten, knorrigen Eiben, deren Äste mit sattgrünen Nadeln und leuchtend roten Beeren übersät waren. Das Sonnenlicht schaffte es kaum durch die Baumwipfel zu uns herab. Stattdessen wurde unser Weg mit einem Mal in ockergelbes Licht getaucht. Überall am Waldboden wuchsen leuchtende Pilze und zeigten uns den Weg wie kleine Laternen. Wunderschön und unheimlich zugleich.

Ich blieb stehen und konnte nicht anders, als dieses Schauspiel zu bewundern. Erst jetzt wurde mir so richtig bewusst, dass wir nicht in unserer Welt waren. Die anderen waren ebenfalls stehen geblieben und gaben sich der Faszination hin. Es dauerte eine Weile, bis wir uns wieder im Griff hatten und unseren Weg durch diesen Märchenwald fortsetzen konnten.

Ich war wie benebelt von dieser Schönheit. Schlagartig überfiel mich große Müdigkeit. Mein Körper wurde schwer und mein Geist hüllte sich in Watte. Durch meine nur noch halb geöffneten Augen sah ich, wie Livia vor mir zu Boden sank. Erschrocken wollte ich ihr zu Hilfe eilen, doch ich war nicht mehr Herr meiner Sinne. Konnte nicht länger gegen dieses Ohnmachtsgefühl ankämpfen, das immer präsenter wurde. Verzweifelt musste ich mich auf den Boden setzen, denn ich hatte Angst zu stürzen. Keine Sekunde zu früh. Im nächsten Moment wurde mir endgültig schwarz vor Augen und ich versank in Dunkelheit.

10.

Bunter Scherbenhaufen

Livia

»Ah, das Mädchen ist wach! Ich habe euch doch gesagt, macht euch keine Sorgen«, ertönte eine krächzende Stimme.

Ich öffnete meine Augen, die gefühlt eine ganze Tonne wogen. Begleitet von Kopfschmerzen richtete ich mich mit aller Kraft auf und blinzelte gegen viel zu grelles Licht an. Ein besorgtes braunes Augenpaar tauchte in meinem Sichtfeld auf. Adam stand am unteren Ende des Bettes, in dem ich lag, und wirkte sichtlich erleichtert.

»Ich dachte schon, du wachst gar nicht mehr auf«, sagte er.

»Nein, nein, nein, du hättest nur auf mich hören sollen, dann wüsstest du, dass ich dir gesagt habe, dass die Wirkung bei jedem Menschen verschieden lange dauert«, schaltete sich die krächzende Stimme wieder ein und zog meine Aufmerksamkeit auf sich. Ich erkannte, zu wem sie gehörte, und erschrak. Neben meinem Bett stand eine kleine Frau, wie ich vermutete. Sie sah keineswegs menschlich aus, viel eher ähnelte ihr Kopf dem einer Ziege und wohl auch ihre Körpergröße. Doch der Rest war menschlich, soweit ich das beurteilen konnte, denn unter ihr ausgewaschenes, dunkelrotes Kleid konnte ich nicht sehen.

»Ach, sieh mich nicht so verdutzt an«, tadelte sie mich. »Du bist in einer anderen Welt, natürlich musst du hier auch mit Andersartigkeit rechnen.«

»Ich … ähm, also, tut mir leid, ich wollte Sie nicht kränken.«

»Jaja, bla, bla, bla«, sagte sie, drehte sich um und stapfte aus dem Raum, begleitet von einem Geräusch, das mich an Hufgeklapper erinnerte.

Ich starrte ihr hinterher und fragte mich, wo zur Hölle wir hier gelandet waren. Adam wechselte seine Position und trat vom Fußende an die Seite des Bettes.

»Alles okay?« Besorgnis spiegelte sich in seiner Miene.

»Mir geht es gut bis auf meinen Kopf. Kannst du mich mal aufklären? Wo sind die anderen? Ist mit dir alles in Ordnung?«

»Uns geht es gut, wir sind alle schon vor ungefähr einer Stunde aufgewacht, aber du hast dir irgendwie mehr Zeit gelassen. Hab mir echt schon Sorgen gemacht. Es lag wohl an den Eiben rund um die Burg, das meinte zumindest Thea. Die sollen vor Feinden schützen, da sie giftige Dämpfe ausstoßen«, erklärte er mir.

Thea musste der Name dieser seltsamen Frau sein.

»Man wollte uns alle umbringen? Wie nett«, sagte ich trocken und war schockiert.

»Na ja, wir wurden ja gerettet.«

Gedankenverloren strich er mit den Fingern über mein Bein, zog sie aber sofort wieder zurück, als ihm klar wurde, was er tat. Sein schuldbewusster Blick begegnete meinem.

»Schon gut, ich mag deine Berührungen«, flüsterte ich und zauberte ihm damit ein Lächeln ins Gesicht.

»Das ist schön zu wissen.«

Ein zweites Mal berührte er mich aber nicht. Stattdessen machte er Anstalten, das kleine Zimmer zu verlassen.

»Komm, wir sollten zu den anderen gehen.«

Ich trat hinter Adam auf einen schmalen Gang hinaus. Die Wände waren hoch und aus Stein gemauert. Eine Reihe von Fackeln spendete ein wenig Licht in dem sonst so dunklen und kahlen Flur. Am Ende des Ganges bogen wir nach links ab und fanden uns kurz vor einer kleinen Treppe wieder. Sie führte lediglich ein paar Stufen hinab und endete direkt vor einer alten Holztür mit verschnörkelten Eisenbeschlägen.

Hinter dieser Tür war eine kleine Küche. Zwei Fenster auf der einen Seite und ein sehr altertümlich wirkender Holzofen an der gegenüberliegenden Wand, in dem ein Wärme spendendes Feuer loderte. In der Mitte des Raumes stand ein Tisch aus grobem Holz und darauf eine bunt bemalte Vase voller Gräser und Äste.

»Na endlich«, stieß Flynn betont gelangweilt aus. »Ich dachte schon, du wärst erneut eingeschlafen.«

Er strich sich eine seiner dunklen Locken aus dem Gesicht und warf Adam einen kritischen Blick zu.

»Also gut.« Thea räusperte sich. »Dann hört mal her.«

Sie sprang vom Stuhl und mein Blick fiel auf ihre Füße, die, wie ich bereits vermutet hatte, tatsächlich Hufe waren. Sie bedeutete Adam, sich auf den Stuhl zu setzen, denn er hatte sich aufgrund der lediglich vier vorhandenen Sitzgelegenheiten neben meinen gestellt. Sie wackelte zu dem Regal neben der Tür hinüber und holte einen mit rotem Stoff bezogenen Schemel daraus hervor, auf dem sie Platz nahm.

»Wie mir zu Ohren gekommen ist, wurdest du von einem Wassergeist markiert, Adam, und deine Freunde hier wollen dir helfen, dich von ihm zu lösen. Das ist eure Mission hier in der Erdwelt?«

Adam nickte.

»Und du, Flynn, dachtest, den Erinnerungstransmitter hier zu finden, indem ihr darauf wartet, dass Adam sich zu etwas hingezogen fühlen würde?« Jetzt nahm sie Flynn mit ihren kleinen, scharfen Augen ins Visier.

»Nun ja, ich wusste schon, dass wir zu dieser Burg wandern mussten, doch viel mehr konnte ich in den Lehrbüchern darüber nicht finden. Wie Sie vielleicht wissen, gab es schon seit Jahren keinen solchen Fall mehr.«

»Jaja, bla, bla, bla. Auch damals, als es ab und zu so einen Vorfall gab, war ich doch immer sehr verwundert, wie wenig Ahnung ihr Leute aus der Menschenwelt doch gehabt hattet. Fast schon, als wäre dem absichtlich so.«

»Wie meinen Sie das?«, hakte ich nach und wusste nicht ganz, worauf sie hinauswollte.

»Es ist doch recht merkwürdig, über die Existenz der Welten und der Geister, also der Magie in eurer Welt, Bescheid zu wissen, aber nicht vollständig darüber aufgeklärt zu sein. Vor hundert Jahren wusste noch kein einziger Mensch davon.«

»Aber das kann nicht sein. Die Wächter kümmern sich schon seit geraumer Zeit um die Rettung der Menschen vor diesen Geistern, wir wurden extra für diese Aufgabe ausgebildet.«

Das hier musste ein Missverständnis sein, womöglich redete sie von etwas ganz anderem wie wir.

»Nein, diese Wächtersache ist keine uralte Organisation. Das Ganze ist vielmehr eine neumodische Erscheinung.«

Neumodisch? Eine Sache, die es seit hundert Jahren gab? Mich beschlich der Gedanke, dass die Zeit hier wohl anders funktionieren musste. Wie alt Thea wohl schon war? 500? Ich hatte keine Ahnung, und um ihr diese Frage zu stellen, fehlte es mir definitiv an Mut. Vor allem, nachdem ich sie bereits mit meinem schockierten Blick verärgert hatte.

»Die Menschen wären von allein niemals darauf gekommen, dass in diesen Seen Geister leben könnten, die Seen sind viel zu tief im Wald und viel zu weit entfernt von Wanderwegen. Wenn sich doch einmal einer hierhin verirrt hat, was äußerst selten der Fall gewesen ist, dann hat man dessen Verschwinden einfach einem Bären zugeschrieben. Man ist ganz sicher nicht auf die Idee gekommen, es wären Geister im Spiel. Was mich zu der Annahme führt, dass es jemanden aus den Welten geben muss, der über die Existenz und die Geschichte dieser Geister Bescheid wusste und dieses Wissen in eure Welt getragen hat.«

Bedächtig sah sie in die Runde, als würde sie erwarten, dass uns die Erkenntnis traf. Doch mich traf sie nicht, stattdessen war ich verwirrt von diesem Gespräch.

Gerda meldete sich als Erste zu Wort. »Sie wollen damit also sagen, dass dieser Jemand, der mit dem Wissen über die Geister aus den Welten gekommen ist, uns besser hätte ausbilden können, weil er eigentlich alles darüber wissen muss? Weil er von hier ist? Habe ich recht? Aber was, wenn das Wissen über die Generationen einfach wieder verschwunden ist?«, sagte sie, und ich begann zu begreifen.

»Nein, Schätzchen, es gab noch nie Wächter mit größerem Wissen, als ihr es habt. Da hat jemand bewusst bestimmte Informationen für sich behalten und das bedeutet nichts Gutes«, erwiderte Thea. »Vielleicht waren insgesamt zwei- oder dreimal Leute wie ihr hier und haben einen Erinnerungstransmitter gesucht, mehr aber nicht.«

»Also, das ist absoluter Quatsch. Mein Vater selbst hat schon viele Menschen vor ihrem Schicksal gerettet!« Entrüstet stand Flynn von seinem Stuhl auf. »Gerdas Eltern kamen beide bei solch einer Mission ums Leben genauso wie Livias Vater, also erzählen Sie uns nicht, das wäre alles keine reale Gefahr!«

Seine Gesichtszüge verhärteten sich und ich konnte ihm ansehen, wie wütend ihn Theas Behauptungen machten. Er presste seine Lippen auf eine Art und Weise aufeinander wie früher, wenn er mit den Regeln seines Vaters nicht einverstanden gewesen war. Ein kindlicher Zorn, der gerade bei ihm durchkam. Natürlich hörte man unangenehme Wahrheiten nicht gern. Aber entsprach es denn überhaupt der Wahrheit? Wurden wir unser Leben lang belogen? Wozu? Sicher hatte ich mich schon des Öfteren gefragt, wieso unser Unterricht so schwammig gehalten wurde, aber ich hatte es darauf zurückgeführt, dass man davon ausgegangen war, alle Geister bereits besiegt zu haben. Nicht auf mangelndes Wissen.

»Kanntet ihr diese Leute persönlich? Habt ihr schon einmal mit jemandem gesprochen, der bei solch einer Mission war?«, fragte Thea ruhig und unbeeindruckt von Flynns wütendem Konter.

»Meinen Vater«, knurrte Flynn. »Er ist noch am Leben.«

»Und die anderen? Gerda? Livia? Kennt oder kanntet ihr jemand anderen als Flynns Vater persönlich, der solch eine Mission ausgeführt hat?«

Die Frage brachte mich ins Grübeln und ich musste feststellen, dass ich sonst wirklich niemanden kannte, der selbst von seinen Erfahrungen berichten konnte. Mein Vater war gestorben, noch bevor ich alt genug gewesen war, um ihn richtig in Erinnerung behalten zu können.

»Meine Mutter kannte meinen Vater, die hat all das miterlebt«, sagte ich.

»Aber mehr, als deiner Mutter zu glauben, kannst du diesbezüglich auch nicht.«

Langsam stieg auch in mir Ärger hoch. Was fiel dieser Frau, nein, dieser Ziege im wahrsten Sinne des Wortes ein, so über unsere Eltern zu reden? Den Menschen, die wir liebten, zu unterstellen, sie würden alle lügen.

»Nein, ich kannte meine Eltern beide nicht«, bekräftigte Gerda die Theorie und machte mich noch ein bisschen wütender. Auch wenn sie nur die Wahrheit aussprach. Mir fiel auf, wie viele von uns verwaist waren, wie viele von uns Helden als Eltern besaßen, die sie aber nie gesehen hatten.

Hatte Thea also recht? Stimmte es, dass es in all den Jahren nicht mehr als drei solcher Fälle gegeben hatte? Das würde bedeuten, dass Hendrik log. Nein. Niemals. Das sprach absolut gegen seinen Charakter. Das würde er nicht machen. Er war ein Mann mit Prinzipien, ein Mann mit Anstand.

»Flynn, dein Vater ist offensichtlich der Einzige, der diese Dinge erlebt hat und noch am Leben ist. Ich schließe daraus, dass dein Vater wohl euer Herr ist? Euer König?«

»Er ist der Bürgermeister, ja«, sagte er knapp.

»Nun gut, also wenn ihr mich fragt, dann ist euer König wohl jemand aus den Welten und nicht ganz ehrlich mit euch.«

»Kein König, Bürgermeister.« Flynn musste sich beherrschen nicht die Fassung zu verlieren.

»Wie auch immer«, sagte Thea nüchtern und machte es ihm mit dieser Gleichgültigkeit nicht einfacher.

»Können Sie uns jetzt mit dem Transmitter helfen oder nicht? Denn wenn nicht, dann würde ich vorschlagen, wir verschwinden hier. Ich will irgendwann auch mal in mein neues Leben starten können.«

»Hast du denn nicht verstanden, was ich gesagt habe, mein Junge? Es wird keinen Neustart in der Menschenwelt für dich geben. Euer König …«

»Er ist verdammt noch mal kein König!«, platzte es aus Flynn heraus. Seine Geduld war am Ende. »Ich habe sehr gut verstanden, was Sie gesagt haben, aber tut mir leid, wenn ich Ihnen sagen muss, dass ich kein Wort davon glaube. Es muss doch verständlich sein, wenn ich meinem eigenen Vater mehr Glauben schenke als Ihnen.«

»Jaja. Bla, bla, bla.« Beschwichtigend fuchtelte sie mit der Hand durch die Luft.

Das brachte das Fass endgültig zum Überlaufen. Flynn griff nach der bunt bemalten Vase, holte damit aus und schleuderte sie schwungvoll zu Boden. Klirrend zerschellte sie auf den Steinplatten in Tausende bunte Scherben. Er machte auf dem Absatz kehrt und verließ die Küche.

»Flynn!«, schrie ihm Gerda aufgebracht hinterher und wollte ihm nacheilen, doch Thea hielt sie am Arm zurück. »Lass ihn sich kurz sammeln, es sind ja keine leicht verdaulichen Neuigkeiten, die ich euch hier präsentiert habe. Er muss erst darüber nachdenken.«

»Lassen Sie mich los! Sie sind doch verrückt. Ich glaube Ihnen genauso wenig.«

Mit diesen Worten stürmte auch Gerda aus dem Raum.

Ich tat mir ebenfalls schwer, ihr zu glauben, musste aber zugeben, dass das, was sie sagte, Sinn ergab, auch wenn diese Einsicht bedeutete, dass ich mit meiner Mutter ein ernstes Wörtchen zu reden hatte. Welches Ziel verfolgte Hendrik, wenn er tatsächlich aus den Welten kam? Warum musste ich im Wald aufwachsen, wenn es nicht zur Sicherheit der Menschen diente? Tausende Fragen schwirrten mir durch den Kopf.

Adam war der Einzige, der von den Erläuterungen der Ziegenfrau nicht völlig durcheinandergebracht wurde. Aber er war auch nicht in einem Dorf groß geworden, mit einer Vision, deren Wahrhaftigkeit angezweifelt wurde.

Seine goldbraunen Augen strahlten Ruhe aus und waren auf mich gerichtet, so als würde er nur darauf warten, dass auch ich gleich einen Abgang machte. Aber das hatte ich nicht vor. Ich hatte mich dazu entschieden, ihn vor dem Wassergeist zu retten und ihn nicht seinem Schicksal zu überlassen, einem Schicksal, das vermutlich nicht gut für ihn geendet hätte. Also auch wenn Thea womöglich recht hatte und unsere ganze Organisation nicht so bedeutend war, wie ich immer dachte, so war sie dennoch bedeutend für Adam. Dieser Wassergeist war real gewesen und meine Ausbildung nicht umsonst.

»Wie kann Adam seinen Transmitter finden?«, fragte ich und erntete dafür einen anerkennenden Blick von Thea.

»Du willst also nicht davonlaufen?«, krächzte sie. »Gute Entscheidung.«

11.

Der Baumkreis

Livia

Vor uns lag ein hübsch angelegter Garten, umrahmt von hohen Burgmauern, die kein Entkommen zuließen. Der einzige Zugang war die Tür, durch die wir gekommen waren. Die Mauern waren übersät mit Efeuranken und in der Mitte des Hofes standen einundzwanzig kreisförmig angeordnete, kräftige Bäume. Ein Baumkreis, wie sich unschwer erkennen ließ.

»In der Erdwelt wird die Magie in unserer Erde lokalisiert. Die Bäume hier saugen einen großen Teil der Magie in sich auf und sind so etwas wie unser Heiligtum. Wenn dein Freund seinen Transmitter in dieser Welt finden kann, dann nur hier.« Thea kam vor einem der Bäume zum Stehen.

»Und wie finde ich das heraus?«, fragte Adam.

»Warte noch, bis es dunkel ist, und dann stell dich in den Kreis hinein. Dein Baum wird sich zu erkennen geben.«

Das Sonnenlicht färbte den Himmel orange und würde diesen Teil der Welt wohl nicht mehr lange erleuchten. Ich fragte mich, wie wir wieder zurück in unsere Welt gelangen würden. So sehr ich mich auch anstrengte, konnte ich mich nicht mehr daran erinnern, wie es damals bei unserer Expedition im Unterricht abgelaufen war. Wo war Flynn? Er wusste es hoffentlich. Ich drehte mich zu Thea, um sie zu fragen, wie wir zu den anderen gelangen würden, doch auch sie war verschwunden.

»Wo ist sie hin?« Ich wandte mich an Adam, aber er war genauso ratlos wie ich.

»Wir sollten hier warten, bis es dunkel ist.«

Er ging auf den Baumkreis zu und betrachtete ihn. Ich erkannte einen Apfelbaum, eine Weide, einen Nussbaum, eine Kastanie, eine Buche und einen Ahorn, aber auch die Tanne war eindeutig zu identifizieren. Oh, und da war wohl auch ein Haselnussstrauch. Auffallend war, dass all diese Bäume ihre Früchte in voller Reife trugen. Ich war fasziniert. Gab es hier denn keine Jahreszeiten? Adam blieb bei dem Apfelbaum stehen und betrachtete die glänzend roten Äpfel, die die Äste des Baumes bereits mächtig nach unten drückten.

»Meinst du, wir können einen davon essen? Oder sollten wir lieber davon ausgehen, wir stünden hier vor dem Baum der Erkenntnis?« Er schmunzelte.

»Ich denke, wir sollten es wohl lieber nicht riskieren.«

»Ach, komm schon, ein Bissen wird uns schon nicht umbringen.«

»Das hat Eva wohl auch zu … O mein Gott … zu *Adam* gesagt, das ist ja sogar dein Name!«, fiel mir auf und ich fand es äußerst amüsant. So amüsant, dass ich aufpassen musste, nicht an meinem Lachen zu ersticken.

»Du spinnst ja!« Adam fiel mit ein. Nur mit dem Unterschied, dass er bei Weitem nicht so lange darin gefangen war wie ich. Okay, es reichte nun auch wieder, ich sollte mich zusammenreißen.

»Nun, nein, wir sollten es wirklich nicht tun«, sagte ich bemüht ernst. Er griff nach einem Apfel und tat so, als würde er ihn gleich pflücken.

»Hör auf damit!«

»Schon gut, ich lasse es ja.« Er warf die Hände in die Luft und signalisierte mir damit seine Aufgabe. Erleichtert atmete ich aus. Vor lauter Panik, was gleich hätte geschehen können, hatte ich den Atem angehalten. Mein Blick schweifte über den Hof und blieb an einer schmalen Leiter hängen, die in einer Ecke stand. Adam folgte meinem Blick und musterte sie ebenfalls.

»Sollen wir?«, fragte ich, doch er hatte sich bereits in Bewegung gesetzt. An der Leiter hielt er kurz inne und rüttelte daran, um ihre Stabilität zu prüfen. Sie bestand den Test und er kletterte daran hoch, hinauf auf die mit Efeu bewachsene Mauer. Als ich oben ankam, verschlug es mir den Atem. Es war traumhaft schön. Die Mauer war breit genug, um normal darauf gehen zu können, ohne Angst davor haben zu müssen, einmal danebenzutreten. So weit das Auge reichte, blickte man über ein Meer aus Bäumen, die in der Ferne über sanfte Hügel ausliefen. Man erkannte, wie rund um die Burg der Wald dichter und dunkler war. Der Schutzwald aus Eiben. Die Abendsonne viel durch die Äste und ließ den Wald in einem warmen, orangefarbenen Licht erstrahlen. Es war das Licht der Sonne, das diesen Moment so magisch machte. Die letzten Strahlen, die einem ins Gesicht fielen und den Haaren einen zauberhaften Glanz verpassten.

Ich ließ mich neben Adam nieder.

»Da wünscht man sich doch, die Sonne würde niemals untergehen«, sagte er, und ich musste ihm absolut recht geben.

»Wie wirst du mit den Informationen von Thea umgehen?«, fragte er mich und ich hatte endlich eine gemütliche Position für meine Beine gefunden.

»Um ehrlich zu sein, ich weiß es nicht. Würde ich ihr glauben, dann hieße das, ich wäre mein ganzes Leben lang belogen worden, belogen von Hendrik, unserem Bürgermeister, und belogen von meiner Mutter.« Ich seufzte. »Um mich auf diesen Gedanken einzulassen, bin ich im Moment einfach noch nicht bereit. Zuerst muss ich mit meiner Mutter darüber reden und womöglich gibt es ja auch eine ganz plausible Erklärung dafür.«

»Klingt vernünftig. Wie wirst du deine Mutter finden, wenn das hier vorbei ist? Du sagtest, dein Dorf wäre nun bereits frei.«

»Sie sollten alle von Bussen abgeholt werden, die uns die Regierung schicken wollte. Man muss der Straße folgen und kommt aus dem Wald hinaus zu einem großen Wohnhaus, in dem man zum Einstieg in das *echte* Leben wohnen und sich eingewöhnen darf. Dort wartet sie auf mich.«

»Freust du dich schon? Auf das *echte* Leben?«

»Um ehrlich zu sein, konnte ich es kaum erwarten, endlich aus dem Wald herauszukommen und das alles hier hinter mir zu lassen. Aber da war es auch noch … langweilig.« Ich pflückte ein Efeublatt von der Mauer und spielte damit zwischen meinen Fingern. »Wenn ich nun an all die Magie denke, die ich erst jetzt richtig erleben darf, die für mich immer nur abstrakt war, finde ich es schade, dass ich es nicht weiter erleben kann. Weißt du, was ich meine?«

Er rückte näher an mich heran. Unsere Hände lagen dicht nebeneinander.

»Was hält dich davon ab, nicht hierher zurückzukommen, wenn du frei bist? Wir könnten hier Urlaub machen oder so«, scherzte er, doch ich wusste, dass er es im Grunde ernst meinte.

»Ich weiß zu wenig über die Welten, es wurde immer davor gewarnt, wie gefährlich es hier sei.«

»Verstehe.« Er nickte bedächtig. »Ein Abenteuer wäre es dennoch.«

»Ja, das wäre es wohl.«

Ich bewegte meine Finger in Adams Richtung und streifte seine. Als hätte er nur darauf gewartet, griff er nach meiner Hand und umschloss sie, unsere Finger glitten so selbstverständlich ineinander, als täten sie dies schon seit langer, langer Zeit. Dabei war es bisher bloß das eine Mal unter dem Felsvorsprung passiert.

»Ich habe schon die ganze Zeit darauf gewartet, das zu wiederholen«, flüsterte er. »Aber es kam einfach kein günstiger Moment. Bis jetzt.«

»Dafür ist dieser Moment perfekt.« Bei Sonnenuntergang auf einer mit Efeu bewachsenen Burgmauer mit Blick auf ein Meer aus Bäumen war er das definitiv. Mein Herz fühlte sich so leicht an, so als wären alle Sorgen, die darauf gelegen hatten, auf und davon geflogen. Ich war glücklich und genoss den Augenblick, Adams Berührung, seine Wärme und die kreisenden Bewegungen seines Daumens auf meinem Handrücken. Ich wünschte mir, die Zeit anhalten zu können und hier noch bis in alle Ewigkeit so zu verharren. Doch leider verschwand die Sonne mit jeder Sekunde etwas mehr hinter den Bäumen und ließ uns schließlich in kühler Dunkelheit zurück. Der Waldboden unter den Eiben leuchtete nun sichtbar in dem ockergelben Licht, das wir heute bereits bestaunt hatten, bevor wir alle in Ohnmacht gefallen waren.

Adam löste seine Hand aus meiner und führte sie stattdessen an meine Wange. Er strich mir eine Haarsträhne aus dem Gesicht und ich drehte mich zu ihm. Seine Augen fixierten mich. Die Intensität seines Blickes machte mich nervös, doch ich wollte mich nicht abwenden, wollte in diesem wunderschönen Goldbraun versinken. Seine Hand bewegte sich bis unter mein Kinn. Mein Herz schlug so schnell, dass ich schon befürchtete, er könnte hören, wie es gegen meinen Brustkorb wummerte. Langsam kam er näher an meine Lippen heran, so langsam, dass mir die Spannung zwischen uns fast zu viel wurde. Kurz bevor sich unsere Lippen berührten, hielt er inne. Er ging sicher, dass ich es auch wollte. Und das tat ich. Seine Lippen berührten meine und ich wurde von einem Gefühl überwältigt, das mir einen Schauer durch den Körper jagte. Ich löste mich von ihm und grinste ihn an.

»Das habe ich nicht kommen sehen«, sagte ich.

»Ich auch nicht, aber ich habe darauf gehofft.«

12.

Der Baum des Todes

Livia

»Livia? Adam? Was macht ihr denn da oben? Kommt, es wird Zeit.« Gerdas Stimme hallte durch die Dämmerung. Sie stand neben Flynn und Thea im Innenhof, offenbar hatten sich die beiden von ihrem Unmut erholt. Mit einem Lächeln auf den Lippen kletterte ich hinter Adam die Leiter hinunter und der Himmel färbte sich noch ein bisschen dunkler. Flynn durchbohrte mich mit eisigem Blick, als wüsste er genau, was gerade passiert war. Seltsamerweise erfüllte es mich mit Genugtuung. Noch deutlicher konnte ich es ihm nicht machen, dass ich nichts mehr für ihn empfand.

»Komm her und stell dich in die Mitte des Baumkreises, schließe deine Augen und versuche, dich nur auf dich selbst zu konzentrieren, auf dein Leben und alles, was dich ausmacht. So lange, bis ich dir sage, dass du sie wieder aufmachen kannst.« Thea wandte sich direkt an Adam, dieser nickte und tat, was ihm aufgetragen wurde.

Ich stellte mich neben Gerda, betrachtete die Szenerie und wartete.

Stille.

Nichts passierte.

Der Ruf einer Eule zog meine Aufmerksamkeit auf sich und ich sah in den Himmel. Lautlos glitt sie über unsere Köpfe hinweg und landete mit sanftem Flügelschlag auf einer der Burgzinnen.

»Wie lange noch?«, flüsterte Adam nach einer Weile.

»Gedulde dich. Lass die Bäume dein Leben sehen, lass sie dich erkennen.«

Weitere Sekunden und weitere Minuten vergingen doch es tat sich noch immer nichts. Mit einem Mal erstrahlte einer der Bäume in hellem Licht, aber dieses Licht war so schnell wieder verschwunden, wie es gekommen war. Ein weiterer Baum leuchtete auf, aber auch sein Leuchten war nur von kurzer Dauer. Dann flackerten mehrere Bäume gleichzeitig, als würde man ein Feuer entzünden, das zwar aufflammte, aber sofort darauf erlosch, weil es nicht stark genug war.

Auf dieses Lichtspiel folgte Dunkelheit.

Thea räusperte sich. »Adam, du kannst deine Augen wieder öffnen, ich fürchte …«

»O mein Gott!«, kreischte Gerda und deutete in den Himmel. Ein heller Ring aus Licht breitete sich um die Burg aus, als wären unzählige Scheinwerfer nach oben gerichtet.

»Also … das ist äußerst ungewöhnlich, aber nicht unmöglich«, murmelte Thea vor sich hin und sprach schließlich etwas lauter zu Adam. »Wie es aussieht, haben dich die Eiben auserwählt, mein Junge. Du bist einer aus dem Erdenvolk, Gratulation!«

Erleichterung löste die Anspannung in mir, er hatte seinen Transmitter gefunden. Jetzt musste nur noch das Ritual durchgeführt werden und Adam war wieder dauerhaft in Sicherheit vor diesem Geist. Nicht mehr lange und ich konnte meiner Mutter nachreisen. Wie ging es ihr wohl gerade? Wie gefiel ihr die *echte Welt?* Auf Freyas Bericht war ich ebenso gespannt. Ich hoffte inständig, dass ich sie noch treffen würde, bevor sie mit Noah in die weite Welt verschwand.

»Sagten Sie nicht, es müsse einer dieser Bäume hier reagieren?« Ich deutete auf den Baumkreis, in dem Adam immer noch stand und in den Himmel starrte.

»Das ist richtig, ja, allerdings gibt es hier eine Ausnahme, denn die Eibe war ursprünglich ebenfalls ein Teil des Baumkreises, bis die Tanne sie von ihrem Platz vertrieb. Der Tod, aber auch die Unsterblichkeit spielen eine große Rolle in Adams Leben.«

Ich musste an Adams Geschichte denken, welche Erinnerung zu dem Anker des Geistes wurde. Der Tod seines Bruders. Die Wahl seines Baumes überraschte mich nicht. Er hatte den Tod auf die schlimmste Weise erfahren müssen und gleichzeitig waren die Erinnerungen daran für die Ewigkeit – oder auch nicht. Bei dem Gedanken daran, dass ich ihm immer noch nicht die Wahrheit über sein Schicksal verraten hatte, drehte sich mir der Magen um.

»Mich hat also der Baum des Todes auserwählt, klingt ja wunderbar«, sagte Adam trocken und kam auf uns zu.

»Im Grunde ist es viel mehr der Baum der Unsterblichkeit, der Ewigkeit. Ich würde nicht sagen, dass dies etwas Negatives ist, es zeugt von großem Durchhaltevermögen, von nie endender Treue und Verbundenheit.«

Vor Thea blieb Adam stehen und sah sie fragend an. Der Schein der Bäume wurde schwächer.

»Was meinten Sie mit Erdenvolk?«

»Jeder Mensch, auch aus eurer Welt, stammt einer Blutlinie ab, die auf eines der vier Königreiche zurückzuführen ist. Wisst ihr denn wirklich gar nichts?« Thea sah überrascht in die Runde.

Gerda wurde hellhörig. »Königreiche? Nein, darüber wissen wir nichts«, schaltete sie sich ein und klang ein wenig aufgeregt.

»Weil es keine gibt«, warf Flynn ein. Seine Miene war immer noch todernst.

Gerda stieß ihm gegen die Schulter. »Willst du nicht auch endlich mehr Informationen haben?«, zischte sie ihn an.

»Ich muss nur meinen Vater fragen.«

»Das kannst du später trotzdem, hör dir doch einfach an, was sie zu erzählen hat, du kannst dann ja immer noch entscheiden, wem du mehr Glauben schenken möchtest.«

Er verzog das Gesicht zu einer Grimasse, widersprach aber nicht.

»Nun gut, dann legen wir noch eine kleine Geschichtsstunde ein, bevor ich euch den Weg nach Hause zeige«, krächzte die Ziegenfrau und pflückte ein paar der Äpfel von jenem Baum, über den Adam und ich vorhin gescherzt hatten. Sie warf jedem von uns einen zu und meinte, wir hätten bestimmt eine kleine Stärkung nötig. Da hatte sie definitiv recht. Mein Magen knurrte schon seit einer Weile. Hätte ich Gewissheit gehabt, dass die Äpfel nicht giftig waren, hätte ich schon längst mindestens einen davon verputzt.

Adam beugte sich zu mir herab. »Habe ich es dir doch gesagt, dass es sich hier nicht um den Baum der Erkenntnis handelt«, flüsterte er.

»Man kann nie vorsichtig genug sein.«

Wir folgten Thea zurück in die kleine Küche von vorhin. Die Scherben, die Flynn zurückgelassen hatte, waren nun verschwunden.

»Vor langer Zeit gab es die Welten noch gar nicht«, begann Thea zu erzählen. »Vor langer Zeit lebten wir noch alle gemeinsam in *eurer Welt*, wie ihr sie nennt. Und diese Welt war unterteilt in vier Königreiche. Das Reich der Erde, das des Feuers, der Luft und des Wassers. Die Königsfamilien waren dazu imstande, Magie aus der jeweiligen Naturquelle zu beziehen und diese zu kontrollieren. Doch es gab einen König, der großen Gefallen daran gefunden hatte, die anderen zu sabotieren. Er vernichtete ihre Felder bis hin zu ganzen Dörfern aus purer Langeweile. Die übrigen drei Reiche taten sich zusammen und beschlossen, sich gegenseitig zu helfen, ihre eigenen Welten zu erschaffen, um in diesen friedlich, ganz nach ihren Vorstellungen leben zu können. So entstanden die drei neuen Welten. Eine, in der die Magie aus der Erde gezogen wird, eine weitere, in der sie aus der Luft gewonnen wird, eine dritte, in der die Magie im Feuer brodelt. Adam, der Umstand, dass du deinen Transmitter hier gefunden hast, bedeutet, dass deine Vorfahren früher im Reich der Erdmagier gelebt haben, das wollte ich dir vorhin damit sagen.« Sie trank einen Schluck aus ihrem Holzbecher und stellte ihn zurück auf den Tisch.

»Demnach müsste unsere Welt also die des Wassers sein, richtig?«, stellte ich fest. »Aber wir haben weder König noch Königin.«

»Nicht so ungeduldig, ich komme ja noch dazu. Du hast recht, jeder ist in seine eigene Welt geflüchtet, bis auf den Wasserkönig, der blieb in eurer Welt zurück. Verlassen von allen vereinsamte er und wurde zornig. Er wollte auch seine eigene Welt erschaffen und kreieren, konnte dies aber ohne die Hilfe der anderen Magier nicht. Er allein hatte dazu zu wenig Macht. Es wurmte ihn so sehr, dass er durchdrehte. In seinem Wahnsinn ertränkte er sich und seine Familie, sodass jeder, der imstande gewesen wäre, die Wassermagie anzuwenden, mit ihm starb. Das Volk wurde frei, unterlag nun keinem König mehr und nahm die Welt für sich ein, so wie ihr sie heute kennt. Keine Spur von Magie bis auf diese Wassergeister und die existieren nur in dieser einen Seengruppe. In jenen Gewässern, in denen die königliche Familie ums Leben kam. Sie sind es, die zu diesen Geistern wurden.«

Ich starrte auf den halb gegessenen Apfel in meiner Hand. Die Geschichte klang so plausibel, aber doch so weit von dem entfernt, was man uns im Dorf über die Vergangenheit gelehrt hatte.

»Diese Welt hier hat also einen König?«, fragte Gerda neugierig.

»Eine Königin, um genau zu sein, aber ja, ihr seid hier in ihrem Königreich.«

»Und sehen hier alle so aus?«

Daraufhin lachte Thea. »Hier sieht jeder so aus, wie er aussehen möchte.«

Wirklich? Wieso sollte man aussehen wollen wie eine Ziege? Beinahe hätte ich die Frage laut gestellt, besann mich allerdings eines Besseren. Wenn ihr ein Ziegenkopf gefiel, dann mochte ich sie nicht dafür verurteilen. Gerda war ebenfalls irritiert und musste sich zusammenreißen, um nicht doch auszusprechen, was auch mir durch den Kopf ging.

»Nette Geschichte«, sagte Flynn unbeeindruckt. »Können wir uns nun bitte diese Rinde holen und von hier verschwinden?«

Er war noch immer sauer und sein Verhalten bereitete mir Sorgen. Das letzte Mal, als ich ihn so erlebt hatte war in der Zeit nach dem Tod seiner Mutter gewesen. Aber das konnte man doch niemals damit vergleichen, dass jemand die Absichten seines Vaters anzweifelte.

»Das ist nicht nötig, ich habe sie bereits holen lassen … Puck! Hast du erledigt, worum ich dich gebeten habe?«, rief Thea. Kaum hatte sie ihren Satz beendet, landete auch schon ein überdurchschnittlich großer Falke auf dem offenen Fenstersims, in seinem Schnabel hielt er ein Stück Rinde. Thea eilte zum Fenster und hielt ihm die Hand hin, in die der Vogel die Eibenrinde fallen ließ. Sie bedankte sich bei ihm und er musterte jeden von uns eindringlich mit seinen gelben Augen, ehe er wieder in die Nacht hinausflog.

»Krass«, kommentierte Adam.

Mit Vögeln konnte man hier also auch befreundet sein. Das gefiel mir. Aber war es auch ein echter Vogel gewesen? Immerhin war Thea auch keine echte Ziege.

Es stellte sich heraus, dass wir nur über ein Portal zurück nach Hause konnten, ein Portal, das zu unserem Glück in den Kellergewölben dieser Burg war.

»Wir wären hier nicht wieder weggekommen, wenn wir Sie nicht getroffen hätten. Wie findet man denn so ein Portal?«, fragte ich besorgt, als wir Thea durch das steinige Gewölbe folgten, das zahlreich mit Spinnennetzen übersät war.

»Livi, ich hätte uns schon wieder heimgebracht, es gibt mehrere Portale, hab doch ein wenig Vertrauen in mich«, sagte Flynn und warf mir einen bösen Blick zu.

»Das stimmt, mein Junge, allerdings wäre es wichtig zu wissen, dass nicht alle Portale gleich funktionieren. Dieses hier bringt euch nicht nur nach Hause, sondern kann auch als Tor direkt in die anderen Welten fungieren oder euch an verschiede Orte innerhalb dieser Welt bringen. Man muss sich sein Ziel vor Augen halten, um auch dort zu landen, wo man hinmöchte. Das Ziel ist hier nicht fix vorgegeben so wie bei dem Portal, durch das ihr gekommen seid.« Ergänzte Thea und blieb vor einer runden, schweren Tür stehen. Sie ähnelte stark dem Portal, durch das wir gekommen waren. Ich glaubte, lediglich einen Unterschied in den Mustern, die darin eingemeißelt waren, zu erkennen. Flynn nickte und wollte sich abwenden, doch er zögerte, als würde ihn noch eine Frage quälen.

»Jetzt spuck schon aus«, drängte Thea ihn.

»Wie kann ich sicher sein, dass ich das Ritual, bei dem Adams Ankererinnerung in den Transmitter geleitet werden soll, richtig mache? Alles, was ich wusste, stellte sich bloß als Halbwissen heraus.« Er blickte zu Boden, ließ zerknirscht die Schultern hängen und ich rechnete es ihm hoch an, dass er seinen Stolz hinuntergeschluckt hatte.

»Ich habe es dir hier aufgeschrieben, halte dich einfach daran und es wird alles gut gehen«, sagte Thea und holte eine kleine Papierrolle aus einer Faltentasche ihres Kleides hervor. »Ihr wisst ja nun, wo ihr mich findet, sollten Fragen auftauchen, die ihr euch nicht selbst beantworten könnt.«

Mein Zeitgefühl hatte sich vor einer Weile verabschiedet und ich freute mich auf ein wenig Schlaf. Auch wenn es hier erst vor ein oder zwei Stunden dunkel geworden war, bedeutete das nichts im Hinblick auf die Zeit in unserer Welt. Dort könnte es genauso gut fünf Uhr morgens oder schon Mittag sein.

Flynn öffnete die schwere Tür, und ohne noch ein weiteres Wort zu verlieren, war er auch schon darin verschwunden. Ich bedankte mich bei Thea und wartete, bis auch Gerda und Adam in dem schwarzen Glitzermeer abgetaucht waren. Okay, ich musste also an den Tempel denken, denn da wollte ich hin. Hoffentlich vermasselte ich es nicht.

»Livia, behalte deinen Freund gut im Auge. Ich befürchte, die Wahrheit über seinen Vater könnte ihm noch gefährlich werden.«

Theas Worte ließen mir einen kalten Schauer über den Rücken laufen. Ehe ich nachhaken konnte, was sie damit meinte, was genau *gefährlich* bedeutete, versetzte sie mir einen kräftigen Stoß und ich stolperte rückwärts in die Finsternis.

13.
Rettende Armbrust
Adam

Meine Landung fiel dieses Mal nicht sehr weich aus. Unsanft schlug ich mit meiner Schulter auf einer Wurzel auf, die sich an die Oberfläche des Waldbodens gedrängt hatte. Ich blickte mich in der Dunkelheit um. Der Wind raschelte in den Bäumen und es war kalt. Wo war ich? Ich brauchte einen Moment, um zu erkennen, dass ich mich irgendwo auf der Rückseite des alten Hauses befand. Das Rindenstück hatte sich mit seinen Kanten schmerzhaft in meine Hand gebohrt, zu groß war meine Angst gewesen, es zu verlieren, hätte ich es nicht so festgehalten. In dieses Ding würden meine Erinnerungen an Max verschwinden. Der Gedanke daran, sie außerhalb meines Kopfes zu wissen, bereitete mir nach wie vor Unbehagen, aber mir blieb keine andere Wahl.

Ich rappelte mich auf und neben mir wurde Livia grob auf den Boden teleportiert. Sie setzte sich auf und sah sich um. Die anderen waren bereits in Richtung Haus verschwunden und ich erwartete, dass sie aufstand und wir ihnen folgen würden, aber das tat sie nicht. Stattdessen klopfte sie neben sich und wollte, dass ich mich zu ihr setzte.

»Adam, ich muss dir etwas sagen«, flüsterte sie und fixierte mich dabei mit ihren Augen. Ein mulmiges Gefühl breitete sich in mir aus. Habe ich etwas falsch gemacht? Ging es um den Kuss? Langsam ließ ich mich neben ihr nieder und wartete darauf, dass sie weiterredete.

»Ich habe dir etwas verschwiegen. Und es tut mir wirklich leid. Ich hätte es dir viel früher sagen müssen, aber ich habe mich nicht getraut. Ich habe befürchtet, du würdest mir nicht mehr folgen und dich deiner Rettung verweigern.«

»Okay ...«

»Deine Erinnerungen, die, an der der Geist angedockt hat. Sie werden nach diesem Ritual nicht mehr deine sein. Sie werden nicht einfach nur in dieses Stück Rinde hineinkopiert, sondern verschwinden gleichzeitig aus dir. Es tut mir leid«, presste sie die Worte ohne Pause heraus, als würde sie sie schnellstmöglich loswerden wollen.

Sprachlos starrte ich sie an. Versuchte das Gesagte zu begreifen. Ich würde die Erinnerung an Max verlieren und sie hatte das mit keiner Silbe erwähnt. Wie konnte sie so grausam sein? Mein Magen drehte sich um und ich verspürte den Wunsch, mich zu übergeben. Hitze schoss mir in den Kopf und ich musste mich aufs Atmen konzentrieren. Ganz sicher würde ich da nicht mitmachen. Auf keinen Fall!

»Du hast recht, ich verweigere mich der Rettung. Ich lasse mich bestimmt nicht auf mögliche Gedächtnisverluste ein, ich werde meinen Bruder nicht vergessen.«

»Adam …«

»Nein, Livia.«

»Hör mir doch zu«, flehte sie. »Ich weiß, es ist erschreckend, und ich weiß, ich habe einen Fehler gemacht und hätte es dir von Anfang an sagen müssen, aber es ist nun mal notwendig. Es ist die einzige Chance für dich, am Leben zu bleiben.« Sie legte ihre Hand auf meine, doch ich zog sie fort. »Du wirst deinen Bruder nicht vergessen. Du wirst dich lediglich nicht mehr an dieses Schlüsselereignis erinnern können. Du hast die Möglichkeit, diese schrecklichen Bilder aus deinem Kopf zu löschen, sieh es doch so.«

»Hör auf, das schönreden zu wollen, das ist es nicht.«

Sie nickte. »Es tut mir leid. Denk erst einmal darüber nach, ich weiß, es sind keine leicht verdaulichen Neuigkeiten. Und natürlich kann ich dich auch nicht dazu zwingen, das zu machen. Es ist deine Entscheidung, ob du gerettet werden willst oder nicht.«

Ich sah zu, wie sie sich erhob und Anstalten machte zu gehen. Es kostete mich Mühe, meinen Ärger im Zaum zu halten. Ich war davon ausgegangen, ihr vertrauen zu können, doch ich hatte mich geirrt. Ehe sie verschwand, drehte sie sich noch einmal zu mir um.

»Ich lege dir Papier und einen Stift vor die Tür. Du kannst alles aufschreiben, das du nicht vergessen möchtest«, sagte sie und ließ mich in der Finsternis zurück. Völlig überrumpelt von dieser Information. Ich griff in das Laub neben mir, schleuderte eine Handvoll davon in die Luft und entließ einen Schrei in die Nacht. Nun, als ich allein war, konnte ich meiner Wut erlauben auszubrechen. Wie sollte ich in so kurzer Zeit einen klaren Kopf für diese Entscheidung bekommen? Klar wollte ich nicht sterben. Aber meine Erinnerungen zu verlieren, ging eindeutig zu weit. Auch wenn ich diese Bilder tatsächlich am liebsten vergessen würde, so waren sie doch ein Teil von mir. Ich hatte seinen Tod zu verschulden und ich hatte es verdient zu leiden. Ganz sicher würde ich mich nicht von dieser Last befreien. Andererseits war ich mir auch darüber bewusst, dass es ein Unfall war, dass ich ein Kind war und ich selbst der Einzige war, der mir die Schuld dafür gab. Doch diese Wahrheit konnte ich nicht akzeptieren. Diese Wahrheit in meinem Kopf wurde von meinen tiefen Schuldgefühlen im Herzen eindeutig überschattet. Sollte ich die Möglichkeit ergreifen, mein Herz zu manipulieren? Weil es doch mein Kopf war, der recht hatte?

Nein.

Es fühlte sich falsch an …

Ein letztes Mal sog ich die kalte Nachtluft ein, ehe ich mich auf den Weg ins Haus machte. Ein lautes Knacken im Gebüsch ließ mich aufhorchen. Ich blieb stehen und sah mich um.

Nichts.

Ich ging weiter und es knackte erneut. Doch auch dieses Mal konnte ich nicht ausmachen, woher es kam. Beobachtete mich jemand? War ich wirklich allein? Ein vertrauter Schmerz schoss mir in den Kopf, ließ mich denken, er würde jeden Moment explodieren. *Max, Sofa, Terrassentür, Scherben, Pool.*

Er stand am Waldrand, der Wassergeist, in demselben nahezu durchsichtigen Kleid, das er auch am See getragen hatte. Darunter die Umrisse einer Frau. Die langen, schwarzen Haare wehte ihm der Wind um den Körper. Seine leuchtenden violetten Augen starrten mich an.Wie paralysiert stand ich noch immer auf demselben Fleck. Unfähig, mich zu bewegen. Ich war allein mit dem Geist. Kalter Schweiß rann mir über den Rücken und ich überlegte fieberhaft, wie ich entkommen konnte. Panisch schaffte ich es endlich, mich aus der Starre zu lösen, und sprintete los. Ich musste nur das Haus erreichen. Meine Füße trugen mich immer schneller und noch schneller. Hoffnung keimte in mir auf, denn ich hatte es nicht mehr weit. Zurückzublicken wagte ich nicht. Das Rascheln hinter mir wurde lauter, kam immer näher und mit einem Mal wurde ich brutal zur Seite gestoßen. Er hatte mich erwischt. Ich schlug auf dem Boden auf. Schmerz durchflutete meinen Körper und ich kam auf dem Rücken zum Liegen. Keine Sekunde später war der Geist über mir. Beugte seinen Kopf vor und entblößte seine wahre Fratze. Er würde mir meinen Max entziehen und anschließend meine gesamte Seele. Jeder Versuch, mich zu wehren, schlug fehl, sein Griff war zu fest, zu endgültig.

Doch dann traf ihn ein Pfeil mitten ins Gesicht.

»Verflucht, Adam, was machst du noch da draußen?«, schrie Flynn.

Ein weiterer Pfeil durchbohrte ihn, aber keiner davon hielt ihn davon ab, weiterzumachen. Um mit seinem Gesicht aber an meines heranzukommen, musste er eine Hand von mir lösen und sich das Ding entfernen. Diesen Moment nutzte ich aus und schaffte es, mich unter ihm herauszudrehen – nur um gleich wieder zurückgerissen zu werden. Heißer Schmerz schoss mir den Arm hinauf. Flynn warf die Armbrust beiseite und kam auf uns zugelaufen. In seiner Hand ein großes Küchenmesser. Mist! Wieso hatte er seine Superklinge nicht dabei, wenn die doch das Einzige war, das half? Er sprang auf den Wassergeist zu und riss ihn fort von mir.

»Verschwinde ins Haus und halte mir die Tür offen!«, presste er zwischen seinen Atemzügen hervor und versuchte zu verhindern, dass der Geist erneut auf mich losging. Schnell rappelte ich mich auf und rieb mir die Schulter. Ich lief zum Haus und in dem Moment, als ich die Türschwelle überschritt, ebbte der stechende Schmerz in meinem Kopf ab.

Flynn war mit dem Messer nicht sehr weit gekommen, sie rollten auf dem Boden herum und schließlich gelang es ihm, dem Geist einen so schwungvollen Tritt zu verpassen, dass er ein Stück nach vorn geworfen wurde. Es reichte aus, um auf die Beine zu kommen und in meine Richtung zu sprinten. Gerade noch rechtzeitig schaffte er es ins Haus und der Wassergeist prallte am Türeingang ab, als wäre er gegen eine unsichtbare Mauer gelaufen. Ich stieß die Luft aus. Die Amethysten wirkten tatsächlich, dem war ich mir nun sicher. Ich schloss die Tür, lehnte mich dagegen und ließ mich sinken.

»War nicht sehr schlau von mir, mir da draußen unnötig viel Zeit gelassen zu haben«, murmelte ich.

»Das kannst du laut sagen.«

»Wieso hast du ihn nicht zurück in den See geschickt?«, fragte ich und folgte Flynn, der sich einfach auf den Weg in die Küche machte.

»Weil er dann morgen, wenn wir das Ritual durchführen wollen, noch nicht wieder hier wäre.«

Darauf hätte ich auch selbst kommen können. Abrupt blieb er vor mir stehen und drehte sich zu mir um. Er starrte mich wütend an. »Hör auf, mir zu folgen.«

»Was? Ich … Du läufst doch einfach weg, ohne dass ich dir danken konnte«, sagte ich perplex.

»Ich brauche deinen Dank nicht. Ich mache das, weil es meine Aufgabe ist. Geh schlafen.«

Er war offensichtlich immer noch sehr schlecht gelaunt, also murmelte ich trotzdem ein »Danke« und verschwand in Richtung Schlaftrakt, in der Hoffnung, mir mein Zimmer gemerkt zu haben. Ich blieb vor der Tür stehen, die ich für richtig hielt. Am Boden davor lagen ein kleines Notizbuch und ein Kugelschreiber. Eine Weile starrte ich darauf, ehe ich es hochhob. Vorsichtig drückte ich die Klinke meiner Tür hinunter und stellte erleichtert fest, dass es tatsächlich das Zimmer war, in dem ich untergebracht worden war. Ich sah das schmale Bett mit den roten Bettlaken, schwere Vorhänge aus demselben Stoff und ein riesiger Schrank aus dunklem Holz auf der gegenüberliegenden Seite, neben dem eine Tür ins Badezimmer führte.

Erschöpft ließ ich mich auf das Bett fallen und atmete einmal tief durch. Ich konnte selbst nicht glauben, dass ich das alles hier nicht für völlig verrückt hielt. Aber ich hatte die Dinge gesehen. Ich wusste, dass sie wirklich existierten, ich konnte es nicht mehr leugnen. Vorhin wäre ich schon zum dritten Mal durch dieses Monster gestorben, wäre Flynn nicht gewesen. Ich musste dieses Ritual zulassen. Daran führte kein Weg vorbei.

Gedankenverloren griff ich nach dem Stift. Die Zeit verging. Ich schrieb, riss das Papier heraus, zerknüllte es, warf es auf den Boden und schrieb erneut. Der Papierhaufen neben mir wuchs und meine Augen wurden immer schwerer, bis mich irgendwann der Schlaf übermannte.

14.
Die Sternschnuppe
Livia

Heißes Wasser rann über meinen Körper. Es tat gut nach all dem, was passiert war. Der Ausdruck auf Adams Gesicht ließ mich nicht los, diese Enttäuschung, diese Wut, aber auch die Sorge, die Angst, die ich hervorblitzen gesehen hatte. Ich fühlte mich wie eine Verräterin. Schämte mich dafür und wollte mich am liebsten in Luft auflösen. Mein Handeln ungeschehen machen. Doch das konnte ich nicht. Der Kloß in meinem Hals wurde immer dicker. Meine Augen füllten sich mit Tränen, bis sie schließlich übergingen. Heiß rannen diese über meine Wangen, vermischten sich mit dem Duschwasser auf meinem Körper und wurden letztendlich über den Abfluss fortgespült. Und mit ihnen ein Teil meiner Bedrücktheit. Es tat überraschend gut, meinen Emotionen freien Lauf zu lassen. Gleich fühlte ich mich ein bisschen leichter.

Ich versuchte, meine Gedanken zu etwas Schönem zu leiten und zu meiner Traurigkeit gesellte sich Vorfreude. Adams Transmitter war gefunden worden und meine Neugierde auf die ersten Berichte von Freya und meiner Mutter wuchs mit jedem Tag. Auch wenn mich Theas Worte zum Nachdenken gebracht hatten und ich an allem gezweifelt hatte, so kam es mir jetzt, wo ich wieder hier in meiner Welt war, ein wenig albern vor. Dass es hier jemanden gab, der uns die ganze Zeit über Lügen auftischte, machte für mich keinen Sinn. Wozu denn auch?

Ich stellte das Wasser ab und trat aus der Dusche. Erschöpfung machte sich in meinen Gliedern bemerkbar, aber da gab es noch eine Sache, die ich vor dem Schlafen machen wollte. Ich schlüpfte in eine Jogginghose und ein T-Shirt aus dem Schrank und band meine Haare zu einem unordentlichen Knoten zusammen. Dann verließ ich das Zimmer und schlich den dunklen Flur entlang bis in die Eingangshalle. Der Mond schien durch die große Glaskuppel und tauchte alles in kühles, blasses Licht. Dieses Gebäude strahlte so viel Macht aus, dass es mir kalt den Rücken hinunterlief, als ich die breiten Treppen hinaufstieg. Es war so still, dass mir meine eigenen Schritte, die durch die Gänge hallten, viel zu laut erschienen. Endlich erreichte ich das oberste Geschoss des Hauses und fand mich in einem runden Flur wieder, in dem es bloß eine einzige hölzerne Doppeltür gab.

Vorsichtig öffnete ich sie und spähte hinein. Modriger Geruch kam mir entgegen. Ehrfürchtig sah ich mich um. Vor mir führten ein paar Stufen hinab und in der Mitte dieses Saals thronte eine weitere Glaskuppel auf dem Dach. Auch hier brach sich das

Mondlicht und legte seinen silbernen Schleier über all die Antiquitäten, die hier gelagert wurden. Bei der Führung durch den Tempel im Rahmen der Ausbildung war es dieser Raum gewesen, der mich am meisten fasziniert hatte. Ich konnte es mir nicht nehmen lassen, hier hochzukommen, wenn ich schon einmal hier war. Hohe Regale überall, wohin man sah, voll mit alten Büchern oder Gegenständen, deren Funktionen mir ein Rätsel waren.

Ich durchquerte den Raum und trat an die Fensterfront auf der Rückseite des Gebäudes. Ich sah hinaus und wieder einmal schaffte es der Anblick dieser wunderschönen Erde, mich glücklich zu machen. Dunkle Tannenwipfel so weit das Auge reichte. Darüber der Mond mit seinen funkelnden Sternen. Ich starrte in den Himmel. Ließ meine Gedanken treiben und mit jedem Atemzug kehrte mehr und mehr Ruhe in meinen Körper ein.

Eine Sternschnuppe.

Mein Herz machte einen kleinen Hüpfer. Gleißend hell war sie direkt vor meinen Augen über den Nachthimmel geflitzt. So hell, dass selbst der Mond sie nicht in den Schatten stellen konnte.

»Ich hoffe für dich, du hast dir etwas gewünscht«, ertönte eine tiefe Stimme neben mir.

Ich fuhr zusammen und stieß einen Schrei aus.

»Na, hör mal. Willst du das ganze Haus aufwecken?«, zischte er.

»Flynn! Musst du mich so erschrecken? Wie lange liegst du dort schon?«

»Lange genug, um zu sehen, wie du den Nachthimmel förmlich anbetest.«

Er setzte sich auf und das ledrige Sofa unter ihm knirschte. Erst jetzt bemerkte ich es rechts von mir in der Ecke am Fenster. Die ganze Zeit über hatte er mich beobachtet.

»Wieso liegst du hier im Dunkeln wie ein Psychopath?«

Er grinste. »Ich schlafe gelegentlich hier.«

Das erklärte auch, wieso er nichts weiter trug als eine Pyjamahose.

»Oh, das tut mir leid. Ich wollte dich nicht wecken. Ich wusste nicht, dass hier jemand ist«, sagte ich und löste mich vom Fenster. Hitze kroch mir ins Gesicht und ich wandte mich zum Gehen.

»Warte. Wieso hast du geweint?«

Ich blieb stehen, drehte mich aber nicht zu ihm um. Ich konnte ihm nicht ins Gesicht sehen.

»Hab ich nicht«, sagte ich knapp und hoffte, er würde mir glauben und mich jetzt einfach gehen lassen.

»Deine verquollenen Augen sagen etwas anderes.«

Ich hörte, wie er vom Sofa aufstand und auf mich zukam. Die Holzdielen knarzten unter seinen nackten Füßen und ich versteifte mich. Was hatte er vor? Wollte er jetzt tatsächlich über meine Gefühle sprechen?

Dicht hinter mir blieb er stehen. Ich konnte die Wärme spüren, die er ausstrahlte.

»Liv, du weißt, dass du mit mir reden kannst.«

Ich drehte mich um und sah ihn an. In seinem Blick lag eine Sanftheit, die ich lange nicht mehr gesehen hatte. Eine Sanftheit, die mich daran erinnerte, wie sehr ich unsere Beziehung genossen hatte.

»Mich plagen Schuldgefühle«, flüsterte ich und musste prompt einen Anflug von Tränen zurückdrängen. »Ich habe Adam vorhin erst gesagt, dass er diese Erinnerungen verlieren wird. Ich hätte ihm das nicht vorenthalten dürfen.«

»Du weißt aber schon, dass wir es genauso gelernt haben, oder? Es sollte so sein, weil sich sonst doch keiner darauf einlassen würde, dir zu diesem Ritual zu folgen.«

»Das haben sie uns immer gesagt, ja. Aber ich finde dieses Vorgehen einfach nicht fair. Ich wollte es anders machen, so wie ich es für richtig halte. Aber meine Angst darüber, es könnte ihn wirklich davon abhalten, hat es nicht zugelassen und jetzt ist er am Boden zerstört. Du hättest seinen Blick sehen sollen. Ich habe sein Vertrauen verloren.«

»Adams Vertrauen ist nicht wichtig. Wichtig ist, dass er diesen Geist loswird. Dann ist deine Aufgabe erledigt. Er wird schon klarkommen.« Bei der Erwähnung von Adams Namen verfinsterte sich sein Blick.

»Flynn, du weißt, dass ich es hasse, Menschen zu enttäuschen.«

»Ja, allerdings. Aber glaub mir, du hast das Richtige getan. Er wird es schon verstehen.«

Ich trat einen Schritt zurück und verschränkte die Arme vor der Brust, weil ich fürchtete, er würde mich jeden Moment an sich drücken, doch dazu war ich nicht bereit. Er schien zu verstehen und ging ans Fenster.

»Wieso schläfst du hier oben?«, wollte ich wissen.

»Von hier aus kann ich die Sterne sehen.«

Ich setzte mich auf das Sofa und zog meine Beine an den Körper. Diesmal war ich es, die ihn beobachtete, wie er in den Himmel starrte.

»Welche Antworten sind es, die du darin suchst?«

Er warf mir einen Seitenblick zu und zuckte mit den Achseln.

»Dich quälen immer noch die Worte dieser Ziege, du kannst es ruhig sagen. Ich verstehe das.«

Seine Kiefermuskeln spannten sich an und ich wusste, ich hatte ins Schwarze getroffen. »Du musst aufhören, dir darüber den Kopf zu zerbrechen. Wir werden bald die Gelegenheit haben, mit deinem Vater darüber zu sprechen. Ich bin sicher, es gibt einen plausiblen Grund für das alles.«

»Wieso sind wir trotz jahrelangem Unterricht so schlecht auf den Ernstfall vorbereitet? Wieso weiß ich nicht einmal, wie genau dieses Ritual wirklich funktioniert?«

»Das werden wir ihn alles fragen, okay? Bis dahin verliere dich nicht in möglichen Szenarien.«

Er stieß sich vom Fensterbrett ab und setzte sich neben mich auf das Sofa. Mein Herzschlag wurde schneller und meine Muskeln spannten sich an. Ich räusperte mich und stand auf.

»Ich denke, ich sollte dann wohl ins Bett.«

»Du kannst auch hierbleiben, ich teile diesen Ort mit dir.«

»Gute Nacht, Flynn«, sagte ich und zog mich zurück in Richtung Tür.

»Gute Nacht, Livi.«

15.

Lilafarbenes Glühwürmchen

Adam

Mit klopfendem Herzen schreckte ich aus dem Schlaf hoch. Ich setzte mich auf und sah mich um, doch alles schien ruhig zu sein. Wovor hatte ich mich so erschrocken? Was hatte mich geweckt? Ich dachte mir nichts, legte mich wieder hin, schloss meine Augen und wollte weiterschlafen.

Ein dumpfer Schlag. Ein Knarren. Ein Schleifen.

Mein Puls schoss in die Höhe und sofort saß ich wieder aufrecht im Bett. Nein, ich hatte nicht geträumt. Irgendetwas ging hier vor sich. Irgendetwas war da draußen an der Hausmauer. Sollte ich nachsehen? Oder lieber gleich verschwinden? Meine nackten Füße berührten den eiskalten Steinboden. Langsam näherte ich mich dem Fenster und in der nächsten Sekunde knallte etwas so fest gegen das Glas, dass es in tausend Teile zersprang. Inmitten der Scherben lag ein großer Stein. Jemand wollte durch das Fenster springen und prallte ab. An einer dursichtigen Wand. Ich suchte nach meinen Schuhen, fand sie und schlüpfte hinein. Mit ihnen konnte ich bis ans Fenster und hinaussehen. Zwei lila glühende Augen starrten mir entgegen. Der Anblick brachte meine Ohren zum Rauschen und eine Eiseskälte durchfuhr mich. Der Geist wandte die Augen ab, huschte hin und her und kletterte plötzlich erneut die Hauswand an den Ranken des wilden Weins herauf. Mir war zwar klar, dass diese unsichtbare Wand nicht zuließ, dass er hereinkam, dass ich im Grunde in Sicherheit war, doch mein Instinkt riet mir dennoch zu laufen, diese nackte Angst, die mit jedem Zentimeter, die diese Kreatur näher kam weiter anschwoll. Ich wandte mich vom Fenster ab und lief in Richtung Tür. Wie aus dem Nichts zerschellte der Spiegel an der Wand neben mir und ich realisierte, dass mit Steinen auf mich geschossen wurde. Ich hastete hinaus in den Flur und schlug erleichtert die Tür hinter mir zu.

Livia kam gerade den Gang entlang und mir entfuhr vor lauter Schreck ein Schrei. Mit aufgerissenen Augen blieb sie vor mir stehen.

»Was ist los?«, fragte sie alarmiert.

»Also ... ich weiß nicht.«

Ohne eine ordentliche Erklärung von mir abzuwarten, öffnete sie die Tür und steckte ihren Kopf hinein. In Sekundenschnelle zog sie sie wieder zu und der nächste Brocken brachte das Holz zum Knarzen.

»Okay, das ist gar nicht gut. Er ist aggressiv und will dich unbedingt schnappen. Hier kannst du nicht schlafen.«

»Das sehe ich auch so«, sagte ich und meine Stimmlage geriet ein wenig zu hoch. Auf keinen Fall würde ich die Nacht da drin verbringen.

»Komm mit, wir müssen mit Flynn reden. Ich denke, wir sollten das Ritual lieber sofort durchziehen, ehe der Geist noch das ganze Haus zerstört.« Sie wandte sich ab und wollte loslaufen.

»Warte!«, rief ich. »Meine Sachen sind da drin. Ich habe erstens nichts weiter an als meine Unterhose und Schuhe und zweitens brauche ich die Rinde.«

Sie machte eine Kehrtwendung und blieb stehen.

»Sobald der nächste Stein gefallen ist, holst du dir die Sachen, okay?«

Ich nickte, wartete und nachdem die Tür erneut erbebte, huschte ich hinein.

»Beeil dich!«, zischte sie.

Und das tat ich. Ich ergriff meine Klamotten, vergewisserte mich, dass das Stück Eibe noch in der Hosentasche war und schnappte mir den zusammengefalteten Zettel, der am Boden neben dem Bett lag. Worte an mein zukünftiges Ich, das sich nicht mehr an das Schicksal meines kleinen Bruders erinnern konnte. Ich schluckte. Ich würde das jetzt tatsächlich durchziehen. Völlig überstürzt, aber ich hatte keine Wahl.

Ich verließ das Zimmer und im nächsten Moment erklang ein Scheppern aus dem Nebenraum. Auch dort hatte er nun das Fenster eingeschlagen und versuchte, irgendwie den Schutzwall zu durchbrechen.

Ich schlüpfte in meine Kleidung, während Livia an Gerdas Tür hämmerte. Mit Schwung öffnete sie und kam vollständig angezogen heraus, so, als hätte sie sowieso gerade zu uns stoßen wollen – was bei dem Lärm auch nicht anders zu erwarten war.

Wir liefen den Gang entlang und ich fragte mich unweigerlich, wo Flynn denn stecken würde. War er in keinem dieser Zimmer? Wir erreichten die Eingangshalle und meine Frage erübrigte sich. Mit nichts weiter als einer Schlafhose bekleidet, kam er lautlos die Treppen heruntergetänzelt.

»Der Geist macht Terror, wir müssen …«, wollte Livia ihn aufklären, aber er schien die Lage bereits begriffen zu haben, und würgte sie ab.

»Adam, du hast deine Rinde? Dann ab in den Keller und bereitet alles vor. Ich muss noch etwas holen, dann komme ich nach«, befahl er und eilte an uns vorbei zur Eingangstür.

»Wo willst du hin?«, rief Livia, doch sie bekam keine Antwort mehr, denn er war bereits durch die Tür verschwunden und knallte sie hinter sich zu. Gerda eilte zur Kellertreppe am hinteren Ende der Eingangshalle und wartete ungeduldig.

»Jetzt kommt schon. Liv, er weiß, was er tut. Du musst dir keine Sorgen machen.«

Schmal und steil führten die Stufen in die Dunkelheit. Gerda entzündete eine Kerze und bot uns damit zumindest einen Orientierungspunkt. Auch wenn es hier im Haus eine geringe Menge an Strom gab, so galt dies nicht für die unterste Etage. Ich bildete das Schlusslicht und versuchte, über nichts zu stolpern, aber wirklich sehen, wo ich hintrat, konnte ich nicht. Modrig feuchter Geruch stieg mir in die Nase und die Temperatur fiel rapide ab.

Ich folgte der kleinen Flamme ein paar Meter vor mir. Sie hörte auf, sich zu bewegen, und das Quietschen einer alten Metalltür erklang. Gerda und Livia entzündeten weitere Kerzen und verteilten sie im Raum. Er stellte sich als winzig heraus, in der Mitte stand ein Stuhl und bis auf ein paar Wandregale war das auch schon alles. Der Stuhl war für mich gedacht.

Wie konnte ich bloß in dieser Situation landen? Auf einem Stuhl im Keller eines uralten Gebäudes mitten im Wald, umringt von Leuten, die ich kaum kannte, bereit für ein Ritual, bei dem meine Erinnerung gelöscht wurde. Wenn ich das alles so in meinem Kopf zusammenfasste, glaubte ich mir ja selbst nicht. Ein kurzer Anflug von Panik kam in mir auf. Was, wenn ich die ganze Zeit unter Drogen stand und inmitten von Verrückten war?

»Adam, es wird dir nichts passieren, wir wollen dir nur helfen. Alles wird gut.« Livias sanfte Stimme holte mich zurück in die Realität. Ich hielt sie nicht für eine Verrückte und schämte mich für diesen Gedanken. Ich suchte nach dem zusammengefalteten Zettel in meiner Hosentasche und hielt ihn ihr hin.

»Kannst du den für mich aufbewahren? Ihn mir wiedergeben, wenn ich Zeit habe, um zu trauern?«

Mitfühlend sah sie mich an, nahm ihn mir ab und nickte.

»Klar. Ich passe darauf auf.«

Ich flüsterte ein Danke und setzte mich auf den Sessel, nahm die Rinde in die Hand und ließ sie zwischen meinen Fingern rotieren. Flynn war noch nicht wieder hier und ich merkte, wie Livia immer nervöser wurde. Bei jedem kleinen Geräusch huschte ihr Blick hoffnungsvoll in Richtung Tür, nur um dann wieder enttäuscht wegzusehen.

»Darf ich dich fragen, was deine Ankererinnerung ist?«, wandte sich Gerda neugierig an mich. Sie lehnte im Türrahmen und zwirbelte eine ihrer roten Haarsträhnen zwischen den Fingern.

»Eine Erinnerung an jemanden, den ich sehr geliebt habe«, sagte ich kurz und knapp.

Gerda wirkte ein wenig enttäuscht, als sie verstand, dass ich meine Antwort nicht näher ausführen wollte, hakte aber Gott sei Dank auch nicht weiter nach.

Die Kellertür knallte und Flynn erschien mit einer kleinen Kiste in der Hand neben ihr im Türrahmen. Seine Schlafhose war übersät mit Matsch und seine nackten Füße ebenfalls.

»Es regnet also?« Gerda musterte ihn und konnte sich bei diesem Anblick ein Grinsen nicht verkneifen. Er strich sich die tropfenden Haare aus der Stirn und murrte etwas Unverständliches. Ohne lange herumzustehen, verteilte er den Inhalt seiner Kiste um mich herum auf dem Boden. Skeptisch hob Livia eine Augenbraue und betrachtete den braunen Kreis.

»Du musstest Erde holen?«, fragte sie.

»Frisch aus dem Garten. So stand es in Theas Notiz.« Er stellte die leere Kiste in das Wandregal neben sich und fischte den mittlerweile zerknitterten Zettel aus seiner Hosentasche. »Wenn ich jetzt diese Worte spreche, dann musst du dich auf deinen Anker konzentrieren, okay, Adam?«, sagte er mit ernstem Blick. »Bist du bereit?«

Ich hole tief Luft, nickte, schloss die Augen und dachte an Max. Erinnerte mich an seine gleichmäßige Atmung, als er dalag auf dem grünen Ledersofa. Ein letztes Mal.

Flynn räusperte sich, ehe er die Worte auf dem Zettel laut vorlas. Worte, die ich nicht verstand.

Es folgte absolute Stille.

Nichts geschah.

Flynn wiederholte die Worte. Diesmal bestimmter.

Ein heftiger, stechender Schmerz schoss in meinen Kopf, als hätte mich der Blitz getroffen. Flynn redete weiter, aber ich hörte ihm nicht zu. Ich dachte an Max, seine kleine Nase, seine Hände, sein friedlich schlafender Körper. Ein letztes Mal.

Grelles Licht schränkte meine Sicht ein. Alles um mich herum drehte sich. Die Eibe in meiner Hand wurde heiß und vibrierte. Ich hatte den Drang, sie wegzuwerfen, aber ich wollte das Ritual zu Ende bringen. Unkontrollierte Erinnerungen trafen mich mit voller Wucht. Druck baute sich auf, den ich in dieser Intensität noch nie zuvor auch nur annähernd gespürt hatte. Als würde ich mit Höchstgeschwindigkeit durch einen Tunnel voller Bilder geschleudert werden. Der Druck wurde immer schlimmer, alles immer schneller. Ich wollte, dass es aufhörte, hielt es nicht mehr aus, wollte die Rinde fortwerfen, doch sie brannte sich glühend heiß in meine Hände. Ich wusste mir nicht mehr anders zu helfen, als zu schreien, um all den Druck und Schmerz seelisch wie körperlich loszuwerden. Und dann, ganz plötzlich, als wäre nichts gewesen, hörte all das auf. Das Licht zog sich in das Holz zurück. Endlich konnte ich es von mir schleudern.

Der Schmerz der Verbrennungen war das Einzige, das übrig geblieben war. Es hatte sich angefühlt, als würde mir der Wind durch den Kopf fegen, lauter Bilder aufwirbeln und durch die

Luft schleudern. Bilder, an die ich mich nun nicht mehr erinnern konnte.

»Alles okay?« Livia kam an meine Seite und inspizierte meine Handflächen.

»Das sieht ziemlich übel aus, wir sollten Eis auflegen. Haben wir hier so was?«, wandte sie sich an Gerda, doch diese schüttelte bedauernd den Kopf.

Ihre grünen Augen trafen meine und sie fragte mich erneut.

»Alles okay bei dir? Abgesehen von deinen Händen.«

»War echt krass, aber ich denke, mir fehlt nichts.«

Mit zittrigen Beinen erhob ich mich vom Stuhl und fand das kleine Holzstück in der Nähe der Tür. Vorsichtig ertastete ich, ob es noch immer heiß war, aber das war es nicht. Es war kalt, als hätte es nicht gerade eben noch geglüht wie ein Stück Kohle.

Darin war nun also meine Erinnerung an … an … ja, an was? Ich wusste es nicht. Da war nur ein Loch. Ein Loch an einer Stelle, die für etwas sehr Bedeutendes reserviert war. Das war alles. War nun irgendjemand dazu in der Lage, sich diese Bilder anzusehen? Funktionierte es wie eine Art USB-Stick? Würden diese Erinnerungen darin weiterleben, auch wenn ich starb?

»Und nun?«, richtete ich meine Frage an Flynn.

»Jetzt füttern wir das Monster.«

Hier unten im Keller war es weitgehend ruhig gewesen, doch als wir wieder oben in der Eingangshalle ankamen, wurde uns das Ausmaß der Verwüstung bewusst. Der Wassergeist war mittlerweile dazu übergegangen, die Glaskuppel zu bearbeiten. Unzählige Scherben und Steine lagen auf dem Boden verteilt und die Kuppel wies große Löcher auf, durch die es wie aus Eimern regnete. Es krachte und ein neuer Schwung Glassplitter fiel herab in das Chaos.

»Mist!«, fluchte Flynn und rannte, ohne groß darüber nachzudenken, barfuß entlang der Mauer zu den Zimmern in der linken Haushälfte. Er schaffte es, den Scherben größtenteils auszuweichen, aber es dauerte nicht lange, bis er eine Blutspur nach sich zog.

»Flynn, du Blödmann, du hättest da nicht ohne Schuhe durchgemusst!«, schimpfte Livia, während wir ihm nachrannten.

»Es ist viel zu schade um dieses schöne Haus, um jetzt herumzutrödeln. Beeilung!«

Er bog in ein Zimmer ab, in dem ich noch nicht gewesen war, und das nächste Klirren ließ mich zusammenzucken. Flynn rannte zu einem der Fenster, öffnete es und schrie mich an, ich solle die Rinde hinauswerfen.

Ich tat, was er sagte, ohne zu zögern. Erst als es schon zu spät war, wurde mir die Bedeutung dieser Handlung bewusst. Ich hatte diesem Geist soeben einen Teil meiner Erinnerungen geopfert.

Kaum waren ein paar Sekunden verstrichen, tauchte er auch schon auf. Er erreichte meinen Transmitter und blieb davorstehen. Erkennen konnte man ihn nur an den leuchtenden Augen. Doch als er zu Boden sank und das Ding berührte, umhüllte violettes Licht die gesamte Gestalt.

Er legte den Kopf schief und starrte die Rinde eine Zeit lang an, ehe er sie an die Lippen hob und meine Ankererinnerung inhalierte. Sein Kopf fiel in den Nacken und er stieß Schreie aus, die so laut waren, dass wir uns sogar hier im Gebäude die Ohren zuhalten mussten. Sein Haar verlor an Farbe und wurde weiß, der Körper sackte in sich zusammen. Er schrumpfte so lange, bis nichts mehr von ihm übrig war. In dem Moment, als er gänzlich verschwand, formatierte sich das Licht zu einer kleinen Kugel und flog hinfort in Richtung Himmel wie ein lilafarbenes Glühwürmchen. Zurück blieb nichts, als das Prasseln des strömenden Regens und die tiefe Schwärze der Nacht.

16.
Das Pilzdesaster
Livia

Adam war befreit. Fasziniert waren seine Augen noch immer auf den Vorgarten gerichtet. Ich trat an ihn heran und klopfte ihm auf die Schulter. Er drehte sich um und schloss mich in eine innige Umarmung.

»Danke, Liv«, sagte er und löste sich wieder. »Danke euch allen.«

Erleichtert ließ ich mich auf eines der Sofas fallen, die hier im Raum standen. Die Anspannung verließ meinen Körper und ich konnte nicht umhin, die Vorfreude auf das, was uns nun endlich bevorstand, meine Emotionen kontrollieren zu lassen. Freudestrahlend ließ ich mich gegen die Lehne sinken.

Flynn humpelte zur Tür und fluchte vor sich hin. Erst da fiel mir wieder ein, dass er sich die Füße an den Scherben verletzt hatte. Das Blut hörte nicht auf zu tropfen.

»Wartet, ich hole Verbandszeug«, sagte Gerda und eilte aus dem Raum. Schnell stand ich wieder auf und versuchte, ihm eine Stütze zu sein. Dankbar nahm er meine Hilfe an und legte seinen Arm um meine Schultern. Er wollte in Richtung Küche.

»Was willst du denn dort? Sollten wir nicht lieber in ein Bad und den Schmutz abwaschen?«

»Nein«, presste er hervor und verzog vor Schmerz das Gesicht. »Zu weit weg. Das Waschbecken muss reichen.«

Dort angelangt hievte er sich direkt auf die Anrichte und hielt seine blutverschmierten Füße in das Becken.

»Ich mach das schon«, sagte ich und wehrte seine Hände ab.

Er lehnte sich zurück und stützte sich auf der Küchenplatte ab. Langsam drehte ich das Wasser auf und ließ es vorsichtig über die Wunden fließen. Es dauerte eine Weile, bis das Rot etwas weniger wurde und auch die letzten Schlammreste entfernt waren. Übrig blieb ein langer Schnitt seitlich am rechten Fuß und drei Splitter, die sich links in die Sohle gruben.

Gerda stürmte mit einem Koffer in die Küche und hielt mir eine Pinzette hin. Nachdem ich glaubte, alles entfernt zu haben, desinfizierten wir die Wunden. Flynn krallte seine Hand in meinen Arm und biss sich ordentlich auf die Lippe, um nicht laut loszubrüllen. Der Verband wurde angelegt und die Situation war bewältigt.

Jetzt war aber wirklich der Zeitpunkt, um zur Ruhe zu kommen.

»Danke.« Er ließ sich von der Theke gleiten und stöhnte, als er zum Stehen kam.

»Ich glaube, wir brauchen jetzt alle eine heiße Tasse Tee zur Beruhigung«, verkündete Gerda. »Mit so viel Adrenalin im Körper kann man ja nicht schlafen.«

Sie setzte Wasser auf und scheuchte uns zurück in den Raum mit den vielen Sofas von vorhin. Jeder von uns machte es sich auf einem gemütlich und wir schlürften unsere Lavendeltees.

»Was machen wir jetzt wegen der kaputten Fenster?«

Gerda nahm einen großen Schluck und verbrannte sich dabei die Zunge. »Aua«, entfuhr es ihr und sie wedelte mit der flachen Hand vor ihrem Mund.

Flynn roch an dem Getränk und mir entging nicht, wie er versuchte, sein Naserümpfen zu verbergen.

»Nichts«, sagte er und zuckte mit den Schultern. »Kommt ja sowieso keiner mehr her. Und selbst wenn. Keine Ahnung, wie man so was reparieren sollte.«

Es wurde still und die Zeiger der Wanduhr sorgten für eine monotone Geräuschkulisse. Adam fing an, mit den Fingernägeln auf seiner Tasse zu trommeln, und fand sich schließlich im Rhythmus der Uhr wieder. Irgendwann fragte er, wieso ihn der Geist denn ursprünglich überhaupt in den See gelockt habe, wenn er doch offensichtlich auch von anderen Orten aus Erlösung finden könne.

»Weil er nur so lange an den See gekettet ist, bis er sich an die Seele eines Menschen heften kann. So ein Geist kann den See zu bestimmten Zeiten immer nur für ein paar Stunden verlassen, um sich ein Opfer zu suchen. Er muss es aber in den See locken, denn nur dort hat er die Macht, seine Seele zu berühren. Hat er sie berührt, ist er nicht mehr an den See gebunden, sondern an diesen Teil der Seele, und er gibt erst auf, wenn er den Rest davon bekommen hat«, erklärte Flynn mit geschlossenen Augen und schläfriger Stimme.

Ich zog meine Beine an und merkte, wie auch ich langsam damit zu kämpfen begann, nicht wegzudämmern. Mein Kopf sank auf das Kissen und um mich herum wurde es dunkel.

Ein lautes Geräusch riss mich aus dem Schlaf. Ich brauchte eine Weile, um die Lage zu begreifen, aber als ich sah, wie Adam schlaftrunken auf dem Boden neben seinem Sofa saß und sich den Arm rieb, konnte ich mir ein Grinsen nicht verkneifen. Flynn war ebenfalls munter geworden und starrte Adam böse an.

»Mann, musst du so laut sein?«

Verwirrt erwiderte er seinen Blick.

»Okay, kommt, lasst uns ins Bett gehen«, griff ich ein und verhinderte womöglich einen Streit.

Gerda war die Einzige, die immer noch tief schlummerte. Ihre roten Haare lagen wirr rund um ihren Kopf und ihr Arm war so verdreht, dass ich mir die Schmerzen beim Aufwachen gar nicht vorstellen wollte.

»Hey«, sagte ich leise und stupste sie vorsichtig an.

Sie murmelte etwas Unverständliches und wollte, sich fortzudrehen. Nach einem weiteren Weckversuch öffnete sie die Augen und blinzelte mir entgegen.

»Wir verschwinden jetzt alle in unsere Betten. Ich dachte mir, du möchtest hier vielleicht nicht allein zurückbleiben.«

»Oh. Ja, danke.« Sie richtete sich auf, griff sich mit schmerzverzerrtem Gesicht an die Schulter und gähnte.

Wir passierten die Eingangshalle ohne weitere Verletzungen von Flynn, denn Schuhe hatte er noch immer keine. Den rechten Fuß konnte er, wie es schien, problemlos belasten, mit dem linken hinkte er allerdings etwas hinterher. Es dämmerte bereits ein bisschen und der Himmel über der demolierten Glaskuppel hatte einen blasslilafarbenen Ton angenommen. So lange hatten wir es also auf den Sofas ausgehalten. Ich war ein wenig überrascht.

Nach der langen Nacht hatten wir uns an diesem Morgen einmal richtig ausgeschlafen. Erst gegen Mittag erschienen wir nach und nach alle in der Küche.

Flynn benahm sich merkwürdig. Er sagte nicht mehr, als notwendig war, und starrte die ganze Zeit aus dem Fenster. Immer wieder probierte er, Hendrik mit dem Funkgerät zu erreichen, aber es blieb stumm. An seinem Verhalten konnte ich ablesen, wie sehr es ihn innerlich quälte, die Sache mit seinem Vater nicht sofort besprechen zu können.

Gerda stand am Ofen und rührte in ihrem Suppentopf. Es duftete nach Knoblauch und Spinat und so langsam wuchs meine Neugier. Wenn es auch so schmeckte, wie es roch, dann hatte sie es geschafft, mich mit ihren Brennnesseln zu überzeugen. Währenddessen saß ich am Küchentisch und blätterte in einem der Lehrbücher, welches Flynn hier liegen gelassen hatte. Ich schlug die nächste Seite um und traute meinen Augen nicht. Ich prustete los und hielt es Flynn hin, der immer noch mit seinem Funkgerät spielte.

»Sind das deine Zeichnungen? Was sollte das denn sein?«, fragte ich und deutete auf etwas, das aussah, als wäre es etwas Lebendiges mit zwei Nasen und Hörnern.

Für einen kurzen Moment verzogen sich seine Mundwinkel in Richtung eines Grinsens. Doch er versteckte es rasch wieder hinter seiner ernsten Miene.

»So etwas entsteht aus Langeweile«, verteidigte er sich.

»Ich will es auch sehen!«, rief Gerda und kam mit dem Kochlöffel in der Hand an den Tisch gerannt. Sie beugte sich von hinten über meine Schulter und verlor dabei die Kontrolle über das grüne Zeug, das an ihrem Holzlöffel hing. Nass und glitschig landete es in meinen Haaren. Na super.

»Oh, das tut mir so leid, ich hätte den im Topf lassen sollen.« Sie kicherte und versuchte, den Schaden so gut es ging wieder zu beheben.

»Schon gut, ich mach das schon.«

Ich erhob mich und ging ins Badezimmer.

Als ich zurückkam, war der Tisch gedeckt und vor jedem von uns stand eine dampfende Schüssel, gefüllt mit einer hellgrünen, dickflüssigen Substanz.

»Jetzt ziert euch nicht so und probiert endlich.«

Gerda starrte uns erwartungsvoll an und machte den Anfang. Sie schob sich einen Löffel voll Suppe in den Mund und setzte einen zufriedenen Gesichtsausdruck auf.

»Seht, ich lebe noch.«

Ich ließ mich von dem Duft nach Knoblauch überzeugen und probierte. Nussig und cremig mit einem Hauch an Schärfe erfreute sie meine Geschmacksknospen. Ich schämte mich, überhaupt daran gezweifelt zu haben, nachdem Gerdas Spaghetti bereits so überwältigend gewesen waren.

»Was für ein Zaubergewürz hast du denn jetzt wieder verwendet?«, fragte Flynn und schien ebenfalls überrascht zu sein. Zufrieden klopfte sie sich auf die eigene Schulter.

»Hab ich's doch gewusst, dass sie euch schmecken wird. Flynn, wie konntest du überhaupt etwas anderes erwarten? Gab es jemals ein Gericht von mir, dass dir nicht geschmeckt hat? Ich glaube kaum.«

»Da fällt mir schon etwas ein. Du hast doch nicht etwa die Sache mit den Pilzen vergessen?«

»O Gott, erinnere mich bloß nicht daran. Dieses Desaster habe ich bereits erfolgreich aus meinen Erinnerungen gelöscht.« Sie schlug sich die Hände auf den Kopf und hielt sich die Ohren zu.

»Was für ein Desaster?« Adam sah sie alarmiert an, doch sie wollte wirklich nicht gern darüber sprechen.

»Ach, gar nichts, vergiss es … Nein, halt den Mund, Flynn!« Sie sprang zu ihm hinüber und wollte ihm den Mund zuhalten, als dieser ansetzte, uns von dem ominösen Pilzdesaster zu berichten.

Doch er dachte nicht eine Sekunde daran, Gerdas Wunsch nachzukommen, und hielt sie mit festem Griff problemlos auf Abstand.

»Gerda hat im Wald ein paar Pilze gefunden und war sich trotz unserer großen Skepsis ganz sicher, dass sie die kannte und sie essbar waren. Die Pilzpfanne, die sie daraus gezaubert hat, wollte keiner essen und wie sich herausstellte, war diese Entscheidung auch gut gewesen. Gerda war die Einzige, die sie aß, und – wie soll ich sagen – es wurde ihr zum Verhängnis.« Flynn lachte. »Sie rannte durch das ganze Haus, als hätte sie eine Überdosis Kaffee zu sich genommen und war völlig high. Den Rest des Tages und auch den nächsten verbrachte sie auf der Toilette. Ihr könnt euch gar nicht vorstellen, wie sauer sie auf uns war, nur weil sie sich, was diese Pilze betraf, so offensichtlich geirrt hatte.«

»Mann, die sahen aber auch haargenau gleich aus wie die, die ich kannte. Wahrscheinlich waren es gar nicht die Pilze, sondern irgendeine Schnecke, die sich in einem von ihnen versteckt hatte.«

»Das macht es jetzt auch nicht gerade besser«, entgegnete er und ich fiel in sein Lachen mit ein.

»Wow, dass du dich trotzdem getraut hast, diese Suppe zu essen, Respekt«, wandte sich Adam an Flynn.

»Sie roch wohl einfach zu gut.«

Er zwinkerte und schob sich demonstrativ einen weiteren Löffel davon in den Mund.

»Danke, Flynn, dass du jetzt jeden hier verunsichert hast, was die Sicherheit meiner Gerichte betrifft.« Gerda sah ihn mit finsterer Miene an und setzte sich bestürzt zurück auf ihren Stuhl. Sie tat mir ein wenig leid.

»Mach dir doch nichts daraus. So was kann schon mal passieren. Gerade Pilze bieten doch sowieso ein großes Vergiftungsrisiko. Solange du also nicht vorhast, Pilze zu kochen, habe ich absolut keine Zweifel an deinem Essen. Die Suppe ist fabelhaft«, heiterte ich sie auf.

»Danke, das bedeutet mir viel.«

17.

Das Geisterdorf

Adam

Nach zwei Tagesmärschen erreichten wir Livias Dorf. Es dämmerte und wir beschlossen, die Nacht hier zu verbringen, ehe wir am folgenden Tag der *Straße der Freiheit* folgen würden, wie die anderen sie nannten. Wir traten auf eine riesige Waldlichtung, die mit unzähligen Holzhütten bebaut war. Die meisten sahen gleich aus, bis auf ein paar Ausnahmen, die mit Pflanzen bewachsen oder mit aufwendigen Schnitzereien verziert waren. Still und verlassen. Hier hatte Livia ihr bisheriges Leben verbracht, schwer vorstellbar. Die letzten Meter waren wir einem schmalen Waldweg gefolgt, der neben einem kleinen Bach verlief, der sich ins Dorf hineinschlängelte.

»Unheimlich, wie ruhig hier alles ist«, sagte Gerda.

Livia ging auf eine der Hütten zu und öffnete die Tür.

»Nicht einmal abgeschlossen, so als wäre all das hier besitzerlos.«

»Aber genau das ist es doch jetzt, besitzerlos«, meinte Flynn und kickte einen Stein vom Weg.

Die Vorstellung, das alles hier verwahrlosen zu lassen, widerstrebte selbst mir, es hatte definitiv Potenzial als schön angelegtes Feriendomizil. Ich folgte den anderen in das Dorfinnere. Wir kamen auf einen großen freien Platz, um den die Hütten kreisförmig angeordnet waren. Der kleine Bach verlief quer darüber, war allerdings unter ein paar Brettern verborgen.

»Das hier ist der Marktplatz, hier war immer am meisten los. Die Kinder haben sich zum Spielen und die Erwachsenen zum Quatschen getroffen. Und das hier ist die große Halle, darin versammelte sich immer der Rat und hier daneben lebte Flynn mit seinem Vater.« Livia deutete auf jene Hütte, die sich durch ihre Größe und ihre prachtvollen Holzverzierungen von den anderen abhob. Flynn steuerte darauf zu und verschwand darin. Auch Gerda hatte sich unbemerkt aus dem Staub gemacht. Livias Hand schob sich in meine und sie zog mich in eine Richtung.

»Komm mit, ich zeig dir meinen Lieblingsort.«

Das musste sie mir nicht zweimal sagen. Sie führte mich quer über den Platz zwischen zwei identischen Häusern hindurch, deren Vorgärten mit Tulpen übersät waren, und vorbei an einer großen, alten Eiche. Der Bach zu unserer Linken kam wieder unter den Brettern hervor und plätscherte vergnügt vor sich hin. Der Boden unter unseren Füßen änderte sich vom erdigen Trampelpfad hin zu frischem, grünen Gras. Wir kamen an eine Böschung, an der einige Birken im Wind wehten. Am unteren Ende dieses Hangs war ein kleiner See mit Steg, dessen Ufer mit dichten Bäumen umstellt war, bis auf jenes, an dem wir standen. Es war absolut nachvollziehbar, wieso Livia diesen Ort als ihren Lieblingsplatz bezeichnete. Die Sonne war bereits zu tief, um die Wasseroberfläche zum Glitzern zu bringen, stattdessen wirkte sie beinahe schwarz im Dämmerlicht.

»Hier kam ich oft her und hab gelesen«, sagte sie und richtete den Blick wehmütig auf den See. »Ich glaube, das werde ich am allermeisten vermissen.«

»Wenn hier eh eine Straße wegführt, können wir ja manchmal herfahren.«

»Ja, das wäre sicher schön.« Sie ging ein paar Schritte auf den kleinen Steg hinaus und sah ins Wasser.

»Willst du noch ein wenig Zeit für dich haben? Soll ich gehen?«, fragte ich und nahm an, sie würde diese Frage bejahen. Doch zu meiner Überraschung schüttelte sie den Kopf.

»Nein, ich will hier mit dir sein. Oft genug habe ich diesen Ort allein erlebt.«

Ich ging auf sie zu, blieb vor ihr stehen und sah sie an. Instinktiv öffnete ich meine Arme und schloss sie darin ein. Sie ließ den Kopf gegen meine Brust sinken und so blieben wir stehen, eng umschlungen, Arm in Arm. Wir lauschten dem Wind, der die

Blätter zum Rascheln brachte, und dem sanften Plätschern des Baches, der in dem See mündete. Ihr Haar duftete nach Tannennadeln und ich fragte mich, wie das möglich war. Vielleicht nahm man nach so vielen Jahren im Wald ja auch dessen Gerüche an. Aber wonach würde ich dann riechen? Nach Straße? Hoffentlich nicht. Es wurde immer dunkler und dunkler, doch wir rührten uns nicht, genossen unsere bloße Gegenwärtigkeit.

»Was wäre mit mir geschehen, wenn der Geist mich geschnappt hätte? Wäre ich in dem See ertrunken, nachdem er meine Seele genommen hätte?«, flüsterte ich.

»Nein, du wärst der neue Wassergeist geworden und müsstest so lange in dem See leben, bis du die Seele eines anderen hättest stehlen können.«

»Würde ich mich an mein Leben erinnern?«

»Nein, ich denke nicht.«

Diese Erkenntnis jagte mir einen Schauer über den Rücken. Ihre Worte hallen in mir nach und zum ersten Mal wurde mir so richtig bewusst, vor was für einer Katastrophe sie mich tatsächlich bewahrt hatte.

In der Hütte war es stockdunkel. Livia entzündete eine kleine Öllampe, die neben der Eingangstür gestanden hatte, und zeigte mir ihr altes Zuhause. Ich bewunderte die vielen liebevollen Details, die es darin zu entdecken gab. Bemalte Wände, geflochtene Körbe, aufwendig bestickte Vorhänge und Trockenblumen, die überall von der Decke hingen. Auf dem kleinen Küchentisch mitten im Raum stand eine Vase mit verwelkten Blumen auf einer cremefarbenen Tischdecke. Aus diesem Hauptraum ging eine Tür in einen kleinen Flur, von dem drei weitere Türen wegführten. Ein Raum davon war Livias Zimmer. Die getrockneten Blumen spielten im gesamten Haus eine große Rolle, denn auch hier baumelten sie wieder von der Decke und bildeten einen faszinierenden Blumenhimmel. Ihr Bett stand vor einem großen Fenster, das hinter olivgrünen, dünnen Vorhängen verborgen lag. Zu unserer Rechten stand ein kleiner Kamin mit einer großen, ordentlich aufgestapelten Wand aus Holzscheiten daneben. Gegenüber von dem Bett stand ein massiver Holzschrank und zu unserer Linken ein schmaler Schreibtisch mit einem Stapel voller Bücher darauf.

Sie steuerte direkt auf den Kamin zu. Jetzt, nachdem die Sonne verschwunden war, war es wieder kalt geworden und Feuer war die einzige Art von Heizung, die zur Verfügung stand. Es zischte, als Livia das brennende Streichholz hineinwarf und das darin angerichtete, trockene Gras sofort in Flammen aufging. Das Feuer erhellte den Raum gleich um einiges mehr, als es die kleine Lampe getan hatte. Es war befremdlich zu sehen, dass es hier kein elektrisches Licht gab und dass das für Livia völlig normal war. In der Burg war es etwas anderes gewesen, es war ja eine Burg, doch das hier war Livias Zuhause.

»Du kannst hier schlafen und ich werde ins Zimmer meiner Mutter gehen.«

»Du willst nicht hier bei mir bleiben?«

Ein Lächeln stahl sich auf ihr Gesicht und im nächsten Moment strich sie sich verlegen eine Haarsträhne hinters Ohr, so als wäre es ihr unangenehm.

»Lieber nicht«, flüsterte sie und wandte den Blick ab.

Ihre Antwort irritierte mich, ich dachte, der Kuss auf der Mauer hätte uns einander nähergebracht, aber mich beschlich das leise Gefühl, als würde sie versuchen, sich seither wieder ein wenig zurückzuziehen.

»Ich kann es kaum erwarten, dir mein Zuhause zu zeigen, es ist so völlig anders als deines hier. Sei bitte nicht enttäuscht«, wechselte ich das Thema und hoffte, sie hatte meinen Anflug von Verunsicherung nicht bemerkt.

»Wieso sollte ich das?«

»Nun, es ist bei Weitem nicht so romantisch. Stell dir vor, ich habe keinen Kamin in meiner Wohnung. Ich drücke einfach auf einen Schalter und habe Licht.«

»Klingt tausendmal praktischer.« Sie lachte. »Ich denke nicht, dass ich dem Leben im Wald nachtrauern werde, wenn ich erst mal den ganzen Luxus kennengelernt habe.«

Sie streifte ihre braune Jacke ab, warf sie über ihren Schreibtischstuhl und zog etwas aus dem Schrank, das aussah, als wäre es eine Schlafhose.

»Willst du, dass ich dir auch so etwas besorge? Ich könnte nachsehen, ob ich in einer anderen Hütte etwas in deiner Größe finde.«

»Nein, schon in Ordnung«, winkte ich ab. »Muss sich seltsam anfühlen, hier zu sein, wenn es sonst keiner mehr ist.«

Sie seufzte. »Das tut es. Es gleicht einer Geisterstadt. Das letzte Mal, als ich hier war, fand draußen auf dem Marktplatz ein turbulentes Abschiedsfest statt, alles war noch so lebendig.«

»Es tut mir leid, dass du dich nicht mit den anderen gemeinsam von hier verabschieden konntest. Es ist meine Schuld.«

»Sag so etwas nicht. Weißt du, ich bin überhaupt nicht traurig darüber, noch hier zu sein. Im Gegenteil, ich bin froh, dir das alles zeigen zu können.«

Sie stellte sich vor mich. Ihr wunderschönes Gesicht flackerte im Licht des Feuers. Langsam beugte ich mich zu ihr hinab und küsste sie sanft auf die Stirn. In ihren Augen blitzte etwas auf, das ich nicht deuten konnte.

»Schlaf gut«, sagte sie. »Wir sehen uns Morgen.«

Sie schenkte mir ein letztes Lächeln und verließ das Zimmer.

18.

Der Weg in die Freiheit

Livia

Am nächsten Morgen trafen wir uns kurz nach Sonnenaufgang auf dem Marktplatz. Lediglich Gerda ließ auf sich warten und Flynn ging, um sie aus dem Bett zu holen. Der Tag fühlte sich gut an und meine Trauer um dieses Zuhause hielt sich erstaunlicherweise in Grenzen. Vielleicht lag es daran, dass ich mich schon so sehr auf den neuen Lebensabschnitt und auf die Zukunft außerhalb dieses Waldes freute.

Als Gerda endlich auftauchte, konnte ich mir ein Grinsen nicht verkneifen. Sie sah aus, als hätte man sie durch einen Tornado gejagt. Offensichtlich hatte Flynn ihr keine Zeit mehr gelassen, sich von den letzten Resten ihres Schlafes zu befreien, sehr munter wirkte sie nicht.

»Wieso habt ihr denn alle so einen Stress? Ich wollte doch alles noch einmal schön genießen, ich war schon so lange nicht mehr hier«, murrte sie ein wenig grantig vor sich hin. Sie roch nach Brombeerwein. Und ich ahnte, dass sie es damit gestern wohl reichlich übertrieben hatte.

»Freust du dich denn nicht?«, fragte ich sie.

Sie schüttelte verzweifelt den Kopf. »Nein, das tue ich nicht«, gestand sie leise und wandte das Gesicht ab. Besorgt trat ich näher, doch sie wich zurück und streckte die Hände aus, um mich auf Abstand zu halten. »Es geht mir gut, keine Sorge.«

Aber entgegen ihrer Aussage zitterte ihre Stimme.

»Erzähl keinen Quatsch, deine ganze Körpersprache zeigt mir, dass es dir überhaupt nicht gut geht. Was ist denn los?«

Sie blickte auf und sah mich an, in ihren Augen schimmerten Tränen. »Ich habe niemanden, keine Familie und auch keine Freunde aus dem Dorf. Die letzten Jahre verbrachte ich im Tempel mit Flynn und zwei anderen Jungs, die sind aber schon ohne mich losgezogen und Flynn wird mit seinem Vater die Welt erkunden. Aber ich habe keinen, mit dem ich das gemeinsam machen kann. Ich bin auf mich allein gestellt und fühle mich jetzt schon völlig verloren da draußen.« Sie schluchzte.

Diesmal hielt sie mich nicht davon ab, näher zu treten, und ich nahm sie in den Arm. Jetzt wusste ich wohl auch den wahren Grund, weshalb sie unbedingt bei diesem Fall dabei sein wollte. Sie hoffte, die Zeit noch so lange wie möglich hinauszuzögern, ehe sie sich mit ihrem neuen Leben auseinandersetzen musste. Ich hatte angenommen, sie würde sich bereits darauf freuen, ihre Gewürzmischungen auf den Markt bringen zu können, und sie beneidet, weil sie bereits einen Plan für die Zukunft hatte, dabei verzweifelte sie auf einer ganz anderen Ebene.

Flynn trat näher und strich ihr ebenfalls beruhigend über die Schulter.

»Ich habe doch gesagt, du kannst gern mit mir mitkommen, Gerda. Du bist nicht so allein, wie du denkst.«

»Nein, das fühlt sich nicht richtig an. Ich kann mich euch nicht einfach aufdrängen.«

»Du kannst auch mit mir zu meiner Mutter, du drängst dich doch nicht auf. Wie Flynn bereits sagte, du bist nicht allein.«

Ihr Schluchzen wurde heftiger und ich glaubte, ein »Danke« dazwischen rausgehört zu haben.

»Außerdem«, sagte ich, »hast du doch dein Gewürzprojekt, auf das du dich gleich stürzen kannst, die Leute werden alle ausflippen, wenn sie die Mischungen probiert haben. Ist das denn kein Lichtblick für dich?« Sie hob ihren Kopf von meiner Schulter, wischte sich die Tränen fort und sah mich dankbar an.

»Doch, du hast recht. Ich habe tatsächlich noch eine Menge vor und darf den Kopf nicht hängen lassen. Danke.«

Die Reifenspuren der Busse waren auf dem weichen Waldboden deutlich zu erkennen. Wir wussten zwar, welcher Straße wir folgen mussten, um aus dem Wald hinauszukommen, aber zu sehen, dass wir nur den Busspuren nachgehen mussten, erleichterte mich trotzdem. Es war nochmals eine beruhigende Absicherung, auf dem richtigen Weg zu sein. Nachdem wir eine Weile zügig marschiert waren, erreichten wir seltsamerweise eine Weggabelung.

»Die Straße sollte doch direkt in die Freiheit führen«, sagte Flynn irritiert.

Im Grunde war der zweite Weg keine Straße, viel mehr ein kleiner Waldweg, doch der Bus war eindeutig aus dieser Richtung gekommen. Wir folgten weiterhin dem breiteren Weg. Je länger wir die Straße entlanggingen, umso seltsamer kam sie uns vor. Wir schienen eine Kurve zu gehen und uns wieder auf das Dorf zuzubewegen. Ich behielt meine Zweifel für mich, weil ich niemanden beunruhigen wollte und mir einredete, es wäre richtig so. Immerhin war der Bus eindeutig hier entlanggefahren, doch ich sah den anderen an, dass auch sie skeptisch waren. Immer wieder warfen sie Blicke hinter sich, betrachteten kritisch die Spuren und schauten in den Himmel, in der Hoffnung, sich dort orientieren zu können.

Ich wusste nicht, wieso es so lange gedauert hatte, bis wir merkten, dass uns der Weg direkt zu einem uns sehr vertrauten Ort führte. Geahnt hatten wir es wahrscheinlich schon viel früher, doch kam uns der Gedanke einfach nicht logisch genug vor. Der

Weg endete vor einem üppigen Gestrüpp, in dessen Mitte ein großes Loch klaffte. Äste und Zweige hingen geknickt herab. Wir traten hindurch und standen vor den zwei großen Hauptseen in der Nähe des Dorfes, die von einem dünnen Streifen Gras getrennt wurden. Bei dem Anblick, der sich uns bot, erstarrte ich.

Die Busse waren nicht in die Freiheit gefahren. Nein. Sie waren hier in den Seen gelandet. Die Dächer schauten gerade noch so heraus und ließen nichts Gutes erahnen. Meine Füße liefen wie von allein und trugen mich der schrecklichen Szenerie immer näher. Bitte lass es nicht so sein, wie es aussieht. Bitte lass die Busse leer sein. Atemlos erreichte ich die Seen. Flynn hielt gar nicht erst an und sprang mit einem Satz ins Wasser. Ich klammerte mich an die Hoffnung, die Busse wären leer, ließ keinen anderen Gedanken zu. Doch diese Hoffnung zerfiel in tausend Stücke. Flynn tauchte auf, sein Gesicht schmerzverzerrt und leichenblass. Er hievte sich ans Ufer, schüttelte den Kopf und erbrach sich.

Die Busse waren voll besetzt.

Die Menschen darin tot.

Wie in Trance fiel ich auf die Knie und schluchzte. Meine Brust schnürte sich zusammen. Das Atmen fiel mir schwer. Das durfte nicht wahr sein, das durfte nicht das Ende all dieser Menschen sein. All dieser hoffnungsvollen Träume. Aber sie waren tot. Meine Mutter war tot. Freya war tot. Jari und all die anderen.

Verzweifelt und nach Luft ringend schlug ich mit den Fäusten auf die feuchte Erde. Schrie all meine Wut, meinen Schmerz und meine Trauer in die Welt hinaus. Was war bloß geschehen?

»Wir …«, ich wollte sprechen, doch meine Stimme brach. »Wir müssen …«, versuchte ich es erneut. Doch auch diesmal ließ sie mich im Stich. »Wir müssen sie da rausholen. So können wir sie nicht zurücklassen.«

Auch wenn ihr Anblick mein Herz in diesem Moment zum millionsten Mal sterben lassen würde, es musste sein.

»Wie sollen wir das anstellen? Wir schaffen es doch nie, die Busse herauszuziehen.« Flynn rappelte sich auf, kam auf mich zu und drückte mich an sich. »Es tut mir so leid«, wisperte er mit zittriger Stimme. Wir klammerten uns aneinander und verloren uns in einem Meer aus Tränen.

Adam saß mit kreideweißem Gesicht an einen Baum gelehnt am Boden und starrte auf den See. Gerda saß neben ihm und weinte hemmungslos. Ich löste mich von Flynn und kämpfte um einen klaren Kopf. Ich musste ins Wasser, musste meine Mutter suchen und es wenigstens versuchen, sie zu bergen. Ich stand auf und ging langsam auf den See zu. Ich wollte da nicht hinein. Alles in mir sträubte sich dagegen, aber ich musste. Flynn kam zu mir und nickte mir zu. Auch er würde sich auf die Suche nach seinen Liebsten machen.

Kaltes Wasser umfing mich, aber mein Körper fühlte sich taub an. Ich musste tauchen, um in das Innere eines der Busse sehen zu können und um die Gesichter hinter den Fenstern zu erkennen, so gut es in dem trüben Wasser überhaupt möglich war. In der ersten Reihe, die ich abtauchte, waren weder meine Mutter noch Freya zu finden. Es war schrecklich, all die leblosen Menschen zu sehen, Menschen, die ich mein Leben lang gekannt hatte. Ich kämpfte gegen immer stärker werdende Übelkeit an. Musste auftauchen. Luft holen. Das Gesehene begreifen.

»Liv, deine Mutter, sie ist hier drüben!«, hörte ich Flynn rufen. Auch wenn ich bereits gewusst hatte, dass sie ganz sicher hier war, so hatte ich bis zu diesem Moment noch den leisen Hauch der Hoffnung in mir getragen, es wäre nicht so. Ich realisierte, dass meine Mutter in diesem Bus gestorben war, dass es keinen Weg mehr gab, sie zu retten, keinen Weg mehr, um mich von ihr zu verabschieden, ihre Stimme ein letztes Mal zu hören. Mich verließ jegliche Kraft und ich hörte auf zu schwimmen, sank in Richtung Grund.

Ruckartig wurde ich am Arm gepackt und wieder an die Wasseroberfläche gezogen. Ich rang nach Luft. Adam war bei mir.

»Wenn es dir zu viel ist, dann komm mit zurück ans Ufer, es ist okay, wir haben Zeit«, sagte er eindringlich.

Aber ich wollte nicht zurück ans Ufer, ich musste das jetzt durchziehen. Mit aller Kraft, die ich aufwenden konnte, schwamm ich hinüber an die Stelle, von der aus mich Flynn vorhin gerufen hatte. Ich tauchte erneut ab. Und da war sie. Meine Mama. Ihr Haar schwamm um ihren Kopf und verbarg ihr Gesicht, aber sie war eindeutig zu erkennen. Sie war noch an ihren Sitz gegurtet, sie alle waren das. Hatten sie denn nicht einmal versucht zu entkommen? Hieß das, sie waren schon tot, bevor die Busse in den See gefahren waren? Weitere heftige Schluchzer brachten meinen Körper zum Beben. Erneut verließ mich die Kraft und ich sank ab, aber Adam hielt mich, zog mich an die Wasseroberfläche und sorgte dafür, dass ich genügend Sauerstoff bekam. Jeder Versuch, irgendwie in das Innere des Busses zu gelangen scheiterte. Drei Reihen weiter fand ich Freya, neben ihr Noah. Dahinter ihre Mutter und ihr kleiner Bruder Clay. Ich kam aus meinem Heulkrampf nicht mehr heraus und immer wieder sank ich kraftlos ab. Jedes Mal aufs Neue sorgte Adam dafür, dass ich nicht ertrank. Dieses Mal ließ er mich nicht wieder los, sondern hielt mich fest und schwamm mit mir ans Ufer. Ich ließ es geschehen und sackte in seinen Armen zusammen, kauerte mich auf den Boden mit dem Kopf auf seinem Schoß und meine Tränen schienen endlos. Ich musste mich von jedem einzelnen Zukunftsgedanken lösen, keine einzige der Unternehmungen, die wir uns vorgenommen hatten, würden wir gemeinsam erleben können. *Sie* würden nichts davon jemals erleben können. Der Tag, der eigentlich der schönste in meinem Leben hätte sein sollen, hatte sich in den grausamsten von allen verwandelt.

Irgendwann hörte ich, wie auch Flynn aus dem Wasser gewatet kam. Gerda hatte sich schon vor einer Weile neben uns zusammengerollt. Es verging eine gefühlte Ewigkeit, in der keiner auch nur ein einziges Wort von sich gab.

»Ich konnte meinen Vater nicht finden.«

Flynns Stimme kam mir in dieser Stille ungewöhnlich laut vor.

»Wie meinst du das?« Ich richtete mich auf.

»So, wie ich es gesagt habe. Ich habe ihn nicht gefunden und glaube, er ist nicht hier.«

»Vielleicht hast du ihn übersehen, wir suchen noch mal alle.«

Ich musste an Theas letzte Worte denken. *Livia, behalte deinen Freund gut im Auge, ich befürchte, die Wahrheit über seinen Vater könnte ihm noch gefährlich werden.*

Meine Alarmglocken schrillten, aber ich hoffte dennoch, dass das hier nichts mit Theas Prophezeiung zu tun hatte.

»Nein, Livi. Er ist nicht hier. Ich habe jeden einzelnen Platz mehrfach kontrolliert. Du hast keine Kraft mehr, um noch einmal dort hineinzugehen.«

Hatte Hendrik dieses Horrorszenario zu verantworten? Warum würde er so etwas tun? Wo war er? Tausende Fragen gingen mir durch den Kopf. Die Situation überforderte mich. Trauer, Wut, Ratlosigkeit und Enttäuschung tanzten in mir und wechselten sich in wildem Rhythmus ab.

»Vielleicht konnte er sich befreien und holt Hilfe«, versuchte Gerda, die Situation ins Positive zu drehen.

»Das macht keinen Sinn«, redete ihr Flynn die Hoffnungen wieder aus. »Man würde sehen, wenn jemand aus dem Bus entkommen konnte, es müsste eine Öffnung nach draußen geben, aber die gibt es nicht. Er war in keinem der Busse.«

»Denkst du, wir finden ihn, wenn wir zurück zur Weggabelung gehen und dort einfach den anderen Spuren folgen?«, fragte ich.

»Ich weiß es doch auch nicht. Aber eine andere Wahl, als das zu tun, haben wir sowieso nicht. Wäre er im Dorf gewesen, dann hätten wir ihn längst getroffen.« Er zog sich seine trockenen Klamotten wieder an und ich war ebenfalls froh, mich wieder darin wärmen zu können. Wir mussten die Lichtung verlassen, so sehr es mich auch schmerzte, die Toten hier zurückzulassen. Meine

Mutter so zurückzulassen, eingesperrt in diesem mit Wasser gefüllten Bus. Aber es gab keine Möglichkeit für uns, die Menschen daraus zu befreien. Der Gedanke an sie ließ erneut Tränen in mir aufsteigen.

Ich warf einen letzten Blick auf die tragische Szene und wollte mich gerade zum Gehen abwenden, um den anderen zu folgen, als der See meine Aufmerksamkeit erneut auf sich zog. Ich starrte auf das Wasser, viel zu geschockt, um auch nur einen Ton herauszubekommen. Es erstrahlte in hellem, violetten Licht. Der Farbe der Wassergeister.

Das Leuchten wurde intensiver und unter der Wasseroberfläche bewegten sich einzelne Schatten hin und her. Die Menschen im Bus waren nicht nur gestorben, nein, es traf sie noch viel schlimmer. Sie wurden dazu verdammt, ihren Frieden nicht eher zu finden, ehe sie sich die Seelen anderer Menschen einverleibt hatten. Durch den Tod in diesen magischen Seen wurden sie zu Wassergeistern, genau wie in Theas Erzählung über den Wasserkönig.

»Wir sollten hier schleunigst verschwinden!«

Es würde nicht lange dauern, bis sie sich auf uns stürzten und gegen diese Anzahl konnten wir nicht viel ausrichten. Eben in diesem Moment war eine neue Generation von Wassergeistern erschaffen worden.

19.

Der Mann auf der Straße

Livia

Wir hatten Glück, dass sich die Geister erst jetzt von den Toten gelöst und verwandelt hatten, denn ansonsten hätten auch wir das Wasser nicht mehr verlassen. Wie angewurzelt stand ich da. Der Befehl meines Kopfes zu laufen, war noch nicht in meinen Beinen angekommen. Flynn setzte sich in Bewegung, packte mich am Arm und riss mich mit sich. Wir rannten, in der Hoffnung, nicht verfolgt zu werden.

Ich wusste nicht, wie lange wir schon liefen, aber meine Lungen brannten und ich würde dieses Tempo nicht mehr lange durchhalten. Bald mussten wir die Weggabelung erreicht haben, dachte ich und erkannte im selben Moment in weiter Entfernung eine Gestalt. Dort stand jemand, dessen war ich mir sicher.

Wir blieben stehen und starrten in die Ferne. Freund? Oder Feind? War es Hendrik? Oder war es einer der Wassergeister? Flynn kniff die Augen zusammen und meinte, seinen Vater zu erkennen, doch ich blieb skeptisch. Warum sollte er dort mitten auf dem Weg stehen, als würde er uns erwarten? Aber von meinen Bedenken wollte er nichts hören. Er war sich sicher genug, um wieder an Tempo zuzulegen, und lief geradewegs auf diese Person zu. Auch Gerda zögerte, was mich überraschte, denn normalerweise hegte sie keine Zweifel an Flynns Worten oder Taten.

»Folgen wir ihm?«, fragte sie und sah mich unsicher an.

Ich nickte, denn auch wenn es nicht Hendrik war, würde es trotzdem bedeuten, dass Flynn höchstwahrscheinlich unsere Hilfe brauchen würde. Aber als wir sahen, wie die beiden sich in der Ferne um den Hals fielen, wurden all unsere Befürchtungen weggefegt. Mittlerweile waren auch wir so nahe, dass ich Hendrik eindeutig erkannte. Groß, runder Bauch und seine langen, grauen Haare, die er im Nacken zusammengebunden hatte. Ich fühlte mich im ersten Moment so befreit von meiner Last, dass schon wieder Tränen in mir aufstiegen. Flynns Vater war am Leben.

Doch war dies ein gutes oder ein schlechtes Zeichen? Abgelenkt von meinen Gefühlen, übersah ich die fiese Wurzel, die sich an die Oberfläche des Waldbodens gekämpft hatte. Ich stürzte darüber und landete unsanft mit meinem Knie auf einem Stein. Der Schmerz schoss durch mein Bein und ich fluchte, während ich wieder aufstand. Adam hatte meinen Sturz bemerkt und betrachtete mich mit besorgtem Blick.

»Alles okay?«

Ich klopfte mir den Waldboden von der Hose und war bemüht, mein Gesicht nicht vor Schmerz zu verziehen, als ich mein Bein belastete.

»Ja, alles gut, ich bin nur gestolpert.«

Wir erreichten die anderen und zu meiner Überraschung waren wir hier direkt an der Kreuzung. Hendrik und Flynn lagen sich noch immer in den Armen. Flynn stand mit dem Rücken zu mir und ich glaubte zu erkennen, dass er weinte. Eine Welle der Eifersucht durchrollte mich und stach mitten in mein Herz. Wie gern würde ich genau das jetzt auch mit meiner Mutter machen. Doch das war nun unmöglich.

Hendrik sah mich über Flynns Schulter hinweg an. In seinem Blick veränderte sich etwas. Der weiche, vertraute Gesichtsausdruck verschwand und wich einer Härte, die ich das erste Mal an ihm sah. Er löste sich von seinem Sohn und schob in grob von sich. Flynn wirkte verwirrt und wischte sich hastig die Tränen von den Wangen.

»Da seid ihr ja nun endlich alle«, sprach er mit kalter Stimme und ließ mich dabei nicht aus den Augen.

»Wie ich sehe, Liv, hat dein Rettungsversuch geklappt. Wie schön.« Er kam ein paar Schritte auf mich zu und die Erleichterung löste sich in Luft auf. Stattdessen gefror mir das Blut in den

Adern, als ich erkannte, dass das hier nicht der Hendrik war, für den ich ihn gehalten hatte, für den wir alle ihn gehalten hatten.

»Bedauerlicherweise muss ich dir nun allerdings sagen, dass dein Freund hier ...« Er deutete auf Adam. »... dennoch sterben wird.«

»Was redest du denn da?«, rief Flynn entsetzt.

»Was dich betrifft, mein Junge, entweder du stellst dich auf meine Seite oder du wirst ebenfalls mit den anderen in den See geworfen. Die Entscheidung liegt bei dir.«

»Papa, komm schon, das hier ist nicht lustig. All unsere Leute sind im See gestorben. Keinem ist hier nach Scherzen zumute.«

»Ich scherze nicht. Der beste Beweis dafür ist, dass die Busse im See genau dort sind, wo ich sie haben wollte.« Er lachte höhnisch und schnippte mit den Fingern. Wie aus dem Nichts tauchte hinter ihm aus dem Wald eine Gruppe von Wassergeistern auf. Sie erschienen nicht wie üblich in ihrer verführerischen Tarnung. Nein, sie sahen aus wie blasse, aufgedunsene Wasserleichen, umhüllt von violettem Glanz, aus deren leeren Augenhöhlen dieses intensive Licht erstrahlte.

Ich glaubte, den Jungen der Bäckerin zu erkennen, doch mit Sicherheit konnte ich nicht sagen, wer diese Geister waren. Ihre Gesichter waren kaum zu identifizieren. Mir war übel und ich musste mich zusammenreißen, um nicht zu würgen oder schlimmer noch, mich zu übergeben.

Thea hatte recht behalten, ich konnte es nicht fassen. Aber was mich noch weit mehr erschreckte, war der Umstand, dass Hendrik die Wassergeister offenbar kontrollierte. Wie war das möglich? Wassergeister waren doch einzig und allein dazu imstande, ihrem Instinkt zu folgen, und dieser bestand darin, sich ein Opfer zu suchen, es zu locken und sich mit dessen Seele zu befreien. Nun standen sie aber aufgereiht wie ein Heer völlig reglos hinter ihm und warteten nur darauf, seinen Anweisungen Folge leisten zu können.

Ich wagte es nicht, einen Blick zu Flynn hinüberzuwerfen, ich würde seinen Anblick nicht ertragen. Die Erkenntnis über seinen Vater musste ihn am Boden zerstören. Traf es ihn womöglich mit diesem Schicksal schlimmer als mich? Ich hatte zwar meine Mutter verloren, konnte sie dafür aber in guter Erinnerung behalten und musste nicht damit klarkommen, dass ich mein ganzes Leben von ihr belogen worden und ihre Liebe zu mir bloß ein Schauspiel gewesen war.

Ich befürchte, die Wahrheit über seinen Vater könnte ihm noch gefährlich werden. Theas Worte hallten in meinem Kopf nach und ich hoffte wirklich, dass Flynn stark genug war.

Hendrik räusperte sich. »Also? Wirst du mich unterstützen oder nicht?«

Jetzt sah ich Flynn doch an, aber wie befürchtet brach mir sein Anblick das Herz. Er war weiß wie eine Wand und sein Gesicht hatte jede Fassung verloren. Seine Tränen von vorhin, die vermutlich der Erleichterung und der Freude darüber galten, seinen Vater am Leben zu wissen, waren versiegt. Er presste seine Lippen zu einer schmalen Linie zusammen und verbannte jegliche Emotion aus seinen Gesichtszügen.

»Wobei unterstützen?« Sein Tonfall war eiskalt.

»Dafür zu sorgen, dass die Erde mir gehört. Jeder einzelne soll meinen Befehlen unterliegen. So wie diese hier.« Er nickte in Richtung der Wassergeister. »Auch die Wassermagier verdienen eine eigene Welt.«

»Du bist ein Wassermagier?«

»Wie sonst, denkst du, kann ich die Wassergeister kontrollieren?« Er schnaubte verächtlich, so als würde er an der Intelligenz seines Sohnes ernste Zweifel hegen.

»A… aber wieso wusste ich davon nichts?«

»Es war mir zu riskant, ich konnte es dir nicht sagen. Hätte irgendjemand davon erfahren, wäre mein ganzer Plan hinüber gewesen. Ich brauchte das Vertrauen dieser Menschen, um sie als Geister an mich binden zu können. Deshalb musste ich dich auch diesen bescheuerten Menschen retten lassen, Livia, weil ich das Risiko nicht eingehen konnte, dass du den anderen davon erzählst und einen Aufstand wegen dieser Sache machst.«

Mit dem Ausdruck verlorener Hoffnung im Gesicht taumelte Flynn ein paar Schritte zurück, fort von seinem Vater.

»Nein, ich werde dich nicht dabei unterstützen, Menschen zu töten.« Seine Stimme so leise, dass sie kaum zu hören war.

»Nicht töten. Verwandeln.«

»Ist für mich das Gleiche. Du hast verdammt noch mal unser ganzes Dorf umgebracht! Wie konntest du nur?«, schrie er nun und die plötzliche Lautstärke ließ mich zusammenzucken. Im selben Moment berührte mich Adam am Arm und ich erschrak erneut. Er beugte sie zu meinem Ohr.

»Ich denke, wir sollten verschwinden«, flüsterte er. »Solange die beiden auf sich fixiert sind, haben wir noch die Gelegenheit.«

Womöglich hatte er recht, womöglich wäre das unsere einzige Chance, aus der Situation zu entfliehen. Doch was dann? Sehr wahrscheinlich hätten die Wassergeister uns gleich wieder eingefangen. Aber auch wenn es den Versuch wert gewesen wäre, würde ich Flynn niemals im Stich lassen können. Ich würde es nicht übers Herz bringen, einfach zu verschwinden und ihn seinem Schicksal zu überlassen.

»Das ist keine gute Idee. Die Geister, sie haben uns im Blick.«

»Da hast du allerdings recht.« Hendriks Stimme richtete sich an uns, er hatte unser Gespräch gehört und schnippte mit den Fingern. »Ergreift sie!«, befahl er.

Als hätte man einen Schalter umgelegt, erwachten die Geister aus ihrer Starre und schossen mit einer Geschwindigkeit auf uns zu, die es nicht zuließ, sich auch nur ansatzweise in Fluchtposition zu begeben. Der, den ich als den Jungen identifiziert zu haben glaubte, packte mich und verdrehte mir die Arme auf den Rücken. Ich war unfähig, an meine Waffe zu gelangen. Diese Wassergeister hatten Kräfte, die denen, mit dem ich bereits gekämpft hatte, bei Weitem überlegen waren. Auch Flynn wurde gefangen genommen. Egal wie sehr ich mich auch anstrengte, ich kam weder gegen die Kraft meines Gegners an noch war ich schnell genug. Es war hoffnungslos.

Hendrik hatte Monster erschaffen, die ihm dienten. Mich fröstelte, der Körper des Geistes war eiskalt und nass. Aus der Nähe konnte ich den Jungen nun genauer sehen und meine Vermutung bestätigte sich. Es war tatsächlich der Sohn der Bäckerin, gerade einmal zwölf Jahre war er alt gewesen. Aber von diesem Jungen war bis auf seine äußere Fassade, die an ihn erinnerte, nichts mehr übrig. Seine Augen waren völlig leer und seine Bewegungen steif.

Gerdas Schreie drangen an mein Ohr und ich suchte fieberhaft nach einer Lösung, die uns allen das Leben retten konnte.

»Keine Sorge, ihr werdet nicht ertränkt. Ich schätze, euer Vertrauen genieße ich nun nicht mehr, und ohne das könnt ihr auf diesem Weg nicht mehr an mich gebunden werden.« Hendrik lachte. »Eine Weile lasse ich euch noch am Leben, zur Unterhaltung, bevor ihr dann frisch gebissen von euren Leibwächtern ebenfalls in meine Dienste treten werdet.«

»Dir ist jetzt schon langweilig ohne Gleichgesinnte und du willst trotzdem die ganze Welt in solche Kreaturen verwandeln?«, fragte ich.

»Gleichgesinnte? Der Einzige, der diese Rolle hätte erfüllen können, wäre Flynn gewesen, doch der unterstützt seinen Vater offensichtlich nicht.« Er wandte sich an seinen Sohn und betrachtete ihn mit abschätzigem Blick. Beinahe wirkte er ein wenig gekränkt und ich bildete mir ein, Enttäuschung in seiner Stimme mitklingen zu hören, aber nur beinahe, denn nach dem nächsten Atemzug machte er deutlich, dass er gar nichts anderes erwartet hatte. »Aber davon bin ich ausgegangen, du kamst immer schon mehr nach deiner Mutter, dein Mitgefühl für andere ist viel zu groß.«

Die Geister zerrten uns in Richtung der Seen. Grob wurde ich am Arm gepackt und rücksichtslos mitgezogen. Dieses Gefühl von Hilflosigkeit war schrecklich. Mein Kopf wollte fliehen, doch mein Körper schaffte es nicht. Ich musste es geschehen lassen.

Wir wurden zurück ans Wasser geschleppt und alle an einen Baum gebunden. Die Hände schmerzhaft mit einem dünnen Seil zusammengeschnürt, sodass es sich tief ins Fleisch grub. Gerda weinte und hatte sich in ihrem Schluchzen verirrt, sie fand nicht mehr heraus und machte Hendrik damit wütend. Ich hoffte, sie mit Worten zu beruhigen, aber es half alles nichts, sie hörte nicht einmal richtig zu, so sehr war sie in ihrer Panik gefangen.

Hendrik stöhnte genervt und ging auf sie zu. Er blieb dicht vor ihr stehen und ich konnte sehen, wie sie, wenn überhaupt möglich, sogleich noch heftiger zitterte. Sie verstummte, musste sich aber eindeutig stark zusammenreißen, um ihre Schluchzer unter Kontrolle zu bringen.

»So ist's gut«, sagte er. »Wenn ich noch einmal dein dämliches Geheule höre, dann war's das für dich. Verstanden?« Hastig nickte sie, doch ihre Lippen zitterten unaufhaltsam. Er sah sie unverwandt an und sie konnte diesem Druck nicht standhalten. Sie weinte.

»Ach herrje, du willst aber auch sterben«, reagierte Hendrik darauf. Er schnippte wie vorhin mit den Fingern und im Nu standen zwei Wassergeister links und rechts neben ihm. »Ihr wisst, was zu tun ist.« Er nickte in Gerdas Richtung.

»Bitte nicht, ich bin ja schon still!«, schrie diese voller Hysterie.

Hendrik schüttelte unbeeindruckt den Kopf. »Offensichtlich nicht.«

Vollkommen lautlos stürzten sich die beiden Geister auf sie und durchtrennten ihre Fesseln. Wie gelähmt sah ich zu, wie einer der beiden sie fest in seinen Armen hielt, während sich der andere über sie beugte und seine spitzen Zähne zum Vorschein kamen. In diesem Moment erinnerte er mich mehr an einen Vampir als an einen Wassergeist. Ich schrie und versuchte, mich erneut mit all meiner Kraft, die ich aufbringen konnte, zu befreien. Gerda durfte nicht sterben!

»Ein giftiger Biss und du unterliegst meiner Kontrolle, dann kann ich endlich dein Geheule stoppen«, lachte Hendrik.

Auch Flynn brüllte seinen Vater an, er solle doch damit aufhören, aber er hörte auf keinen von uns und der Geist erst recht nicht. In dem Moment, als ich dachte, es wäre vorbei und die Zähne des Wassergeistes würden sich nun in Gerdas freigelegten Hals schlagen, passierte plötzlich alles gleichzeitig. Das Wasser im See setzte sich in Bewegung, Wirbel entstanden und Fontänen sprühten wild um sich. Zwei riesige, sich windende Wassersäulen schossen gewaltsam daraus empor. Alle hielten inne. Als wäre die Zeit für einen Moment stehen geblieben. Ziellos schlängelten sich die Säulen durch die Luft. Meterhoch thronten sie über unseren Köpfen und ihr regenbogenfarbenes Schimmern raubte mir den Atem.

»Zuerst verrätst du mich und nun stielst du mir auch noch meine Macht?«, entfuhr es Hendrik mit dem Ausdruck des Wahnsinns in seinem Gesicht. Erfüllt von einer plötzlichen Wut, rannte er auf Flynn zu. Dieser presste sich mit dem Rücken gegen den Baum hinter sich. Wie in Trance waren seine Augen starr auf die Wassersäulen geheftet. Hendrik nahm er nicht wahr. Aber natürlich. Als Hendriks Sohn musste auch Flynn die Gabe der Wassermagie haben.

Wie ein Pfeil schoss eine der Säulen ruckartig auf Gerda zu und riss die beiden Wassergeister, die sie festgehalten hatten, von den Füßen. Die zweite steuerte geradewegs auf Hendrik zu, erreichte ihn, bevor dieser sich auf Flynn stürzen konnte, und schlang sich um seine Mitte. Er tobte und schrie nach weiteren Geistern, befahl ihnen, uns alle auf der Stelle zu töten. Doch das Wassertentakel riss ihn hoch und holte aus. Mit Schwung wurde er in die Luft geschleudert und flog über die Baumwipfel hinweg, weit fort von uns. Blitzartig flitzten die Säulen umher und bewahrten uns vier vor dem Tod. Unzählige Geister kamen aus den beiden Seen gekrochen, unzählige Menschen, die ich gekannt hatte. Ich betete, niemanden von ihnen erkennen zu müssen. Doch ehe sie uns erreichen konnten, wurden auch sie von den Wassertentakeln überrumpelt und zurück in den See gedrängt, wo sie nun auch blieben.

Um uns herum wurde es still.

20.

Am Grund des Sees

Livia

Still lag es da, das Wasser im See. Die Macht, die es gerade eben noch ausgestrahlt hatte, war aber noch immer deutlich zu spüren. Ich wollte zu Gerda hinübereilen, um nach ihr zu sehen, um sicherzugehen, dass es nicht zu dem Biss gekommen war. Doch die Fesseln um meine Hände schnitten schmerzhaft in mein Fleisch. Einzig und allein Gerda war in der Lage, frei über ihre Hände zu verfügen, doch sie lag regungslos und zusammengekauert auf dem Boden. Ich rief nach ihr, aber sie reagierte nicht.

Flynn lehnte mit geschlossenen Augen völlig erschöpft an einem Baum. Ich rief seinen Namen, doch auch er blieb stumm. Was war mit ihm geschehen?

Mit schmerzhaften Bewegungen warf ich einen Blick hinter mich, dorthin, wo Adam gefesselt war. Er starrte ins Leere, löste seinen Blick von dem Baum, an dem ich saß, und sah mich an. Seine Augen waren erfüllt von Angst und Traurigkeit. Ohne ein Wort zu sagen, drehte er seinen Kopf zur Seite und ich erkannte Blut an seinem Hals. Blut, das an jener Stelle heraustropfte, an der er gebissen worden war.

Ich hoffte, mich nur verguckt zu haben, blinzelte und sah erneut hin, aber ich hatte mich nicht getäuscht, das Blut war noch da und die Bissspuren eindeutig zu erkennen. Mein Herz wurde schwerer, noch schwerer, und ich brauchte eine Weile, um zu realisieren, was geschehen war. Wenn Hendrik die Wahrheit gesprochen hatte, dann bedeutete das, dass er Adams Handeln von jetzt an kontrollieren konnte, dass er in der Lage war, ihm Dinge aufzutragen, von denen er gezwungen sein würde, sie auszuführen.

»Jetzt bin ich wohl mit dem nächsten Fluch belegt«, wisperte er.

»Wir werden es auch diesmal schaffen, dich zu retten, vertrau mir.« Die Worte kamen mir so leicht über die Lippen, doch eigentlich vertraute ich mir nicht einmal selbst. Ich hatte keine Ahnung, was passiert war oder wie dieser Fluch funktionierte.

Gerda stöhnte vor Schmerzen und ich war erleichtert, dass sie sich aufrichtete. Sie wirkte benommen, kam aber auf mich zu, in der linken Hand ihr Dolch.

»Was ist geschehen?«, fragte sie mich und richtete ihren Blick besorgt auf Flynn.

»Ich weiß es nicht. Es war, als hätte er irgendeine Verbindung zu dem Wasser gehabt. Du wurdest zu Boden geschleudert und hast wohl das Bewusstsein verloren und Adam ...«, ich hielt inne, doch ich musste mit meinem Bericht gar nicht fortfahren, denn sie hatte die Bissspuren bereits entdeckt.

»O mein Gott, wie schrecklich! Adam, es tut mir so leid.« Sie schlug sich die Hand vor den Mund.

»Komm, schneide uns los«, gab dieser lediglich zur Antwort, ohne auf ihre Worte einzugehen. Sie fing sich wieder und durchtrennte endlich meine Fesseln, ehe sie zu Adam ging. Ich eilte zu Flynn und mir fiel ein Stein vom Herzen. Er atmete. Ich griff nach meinem Dolch und befreite ihn. Sofort sank er auf die Seite. Panisch schlug er die Augen auf und sah sich um, als glaubte er, noch immer inmitten des Kampfes zu sein.

»Alles gut«, sagte ich und legte ihm eine Hand auf die Schulter. »Die Geister sind fort.«

»Mein Vater?«

»Der auch.«

Benommen starrte er auf den See. »Ich … ich glaube, das war ich.« Seine Stimme war nur ein Hauch. »Da war so ein Gefühl. Es war, als würde es mir helfen, mit mir kommunizieren, mich beschützen.«

»Aber du hast es nicht kontrolliert?«

Er schüttelte den Kopf. »Nein … ich wusste nicht, wie. Da war etwas Fremdes in mir, etwas mit einem eigenen Willen und es hat die Führung übernommen.«

»Die Familie der Wassermagier, wurde also doch nicht vollständig ausgelöscht«, sagte ich.

»Sieht wohl so aus.«

Etwas wackelig auf den Beinen stand er auf und hielt mir seine Hand entgegen, ich ergriff sie und ließ mich von ihm auf die Füße ziehen.

»Wir müssen zurück zu Thea und ihr hiervon erzählen. Ich denke, sie ist die Einzige, die uns weiterhelfen kann. Wir müssen verhindern, dass mein Vater die ganze Welt in solche Monster verwandelt.«

»Außerdem muss Adam schon wieder gerettet werden«, unterbrach uns Gerda, die gemeinsam mit Adam zu uns herüberkam. Ich fand ein wenig taktlos, wie sie das sagte, aber ich wusste, sie meinte es nicht böse. Sie dachte eben nicht lange über ihre Worte nach. Flynn schloss seufzend die Augen, als er realisierte, was geschehen war.

»Es tut mir leid. Ich hätte schneller sein müssen«, sagte er, doch Adam winkte ab.

»Du hast uns alle gerettet, wenn das wirklich du warst. Dich trifft keine Schuld an dem, was mir passiert ist.«

»Ich fürchte, nun wird es wohl das Beste sein, du hilfst uns, Hendrik zu stoppten. In diesem Zustand zurück in deine Welt zu gehen, wäre keine gute Idee.«

»Das hatte ich auch nicht vor. Ich begleite euch so lange, bis ich mit Livia gemeinsam zurückkehren kann.«

Flynn starrte ihn ungläubig an. Adam trat einen Schritt näher an mich heran, griff nach meiner Hand und drückte sie.

»Wir sollten uns beeilen, zurück zum Tempel zu kommen«, sagte ich. Diesen Ort hier wollte ich sowieso schnellstmöglich verlassen, es fühlte sich schrecklich an, ich musste fort von den Toten.

»Vielleicht müssen wir das gar nicht.« Flynn ging auf das Ufer zu. Die ganze Zeit über hatte ich krampfhaft versucht, nicht dorthin zu sehen, ich wollte mir den Anblick der versunkenen Busse nicht noch einmal antun.

»Was meinst du?«

»Erinnerst du dich, dass Thea sagte, es gäbe mehrere Portale, man müsse sie nur finden?«

Ich nickte.

»Ich habe die Vermutung, hier im See könnte eines sein.«

»Also, ich geh da ganz bestimmt nicht wieder rein.« Gerda lachte nervös. »Ihr habt doch die Geister gesehen.«

»Flynn, sie hat recht, die Vorstellung ist wirklich nicht sehr verlockend«, stimmte ich ihr zu. »Wieso denkst du, dass da unten eines ist?«

Er kniete sich auf den Boden und hielt sein Ohr an die Wasseroberfläche.

»Ich kann es hören. Die Stimme, die mir mit den Wassersäulen geholfen hat. Ich weiß, es hört sich verrückt an. Aber da ist dieses Gefühl … ich kann es nicht beschreiben. Dieses Gefühl … es kommt mir so vertraut vor.«

Mit einem Satz sprang er ins Wasser. Keiner hatte mit dieser überstürzten Aktion gerechnet und wir erschraken. Er blieb eine Weile unter Wasser, ehe er wieder an die Oberfläche kam und sich die nassen Haare aus dem Gesicht schüttelte. Ich wollte ihn schon anschreien, ihm vorwerfen, er könnte nicht einfach zu den Geistern hineinspringen, doch ich hielt mich zurück. Ich musste darauf vertrauen, dass er wusste, was er tat. Flynn war kein Mensch, der unüberlegt handelte, das war er noch nie gewesen und er würde auch jetzt seine Gründe dafür haben. Gerda war da anderer Ansicht.

»Bist du völlig verrückt geworden? Komm da sofort wieder heraus!«, schrie sie, doch Flynn brachte sie mit einem finsteren Blick zum Schweigen.

»Ich kann das Wasser fühlen, es ist auf meiner Seite, mir wird hier nichts passieren«, sagte er genervt. »Wartet einfach auf mich.«

Gerda schnaubte. »Du musst dir ordentlich den Kopf gestoßen haben, Flynn. Was redest du da?«

Doch er war bereits wieder untergetaucht.

»Livia, wie kannst du das zulassen? Die Geister werden ihn da drinnen in Stücke reißen, er kann nicht einfach zu ihnen in den See, das weißt du doch!«

»Er hat vorhin alle Geister mit riesigen Wassertentakeln besiegt, reicht dir das denn nicht, um ihm zu vertrauen?«

»Er wusste doch nicht, was er tat.«

»Wir können jetzt eh bloß abwarten«, mischte sich Adam ein und Gerda verstummte. Wie gebannt schauten wir auf den See und hofften jeden Moment auf Flynns Kopf, der die Wasseroberfläche durchbrechen würde. Mit jeder Sekunde, in der er es nicht tat, wuchs die Sorge, die nun allmählich doch in mir aufkeimte. Das Wasser färbte sich lila und machte uns die Aktivität der Geister deutlich. Dann tauchte er auf, inmitten des violetten Sees.

»Na endlich, ich habe mich schon darauf vorbereitet, wie ich dich anschreien und dir die Schuld dafür geben würde«, richtete Gerda ihre Worte grimmig an mich.

»Na, vielen Dank auch.«

In großen Zügen kam Flynn zu uns ans Ufer geschwommen.

»Da unten gibt es tatsächlich ein Portal«, sagte er mit ruhiger Stimme. Keine Spur von Atemlosigkeit und das trotz der langen Zeit unter Wasser. »Ich weiß nur noch nicht so ganz, wohin es uns bringen wird.«

»Also ist es wieder nur ein einzelnes? So wie in der Burg?«, hakte ich nach und er nickte.

»Dann wird es wohl auch so funktionieren, oder nicht?« Adam verstand die Problematik nicht und ich, um ehrlich zu sein, auch nicht.

»Ja, wahrscheinlich«, meinte Flynn und warf seine Bedenken beiseite.

»Haben dich die Geister denn gar nicht attackiert?« Gerda traute sich nun doch näher an das Ufer heran, bis eben hatte sie noch einen Sicherheitsabstand eingehalten.

»Doch, natürlich.«

»Aber dir ist nichts passiert?«, fragte sie misstrauisch.

»Nein, ich sagte doch, das Wasser ist auf meiner Seite.«

»Und wenn wir da jetzt rein sollen, ist es dann auch auf unserer Seite?« Ich konnte mir nicht vorstellen, wie das funktionieren sollte.

»Weiß ich nicht.«

Kritisch sah ich ihn an.

»Wir werden es so machen, dass ihr einzeln der Reihe nach mit mir gemeinsam dort hinuntertaucht und dann gleich im Portal verschwindet, okay?«

»Also, ich weiß nicht.«

»Ist es dir lieber, den ganzen Weg wieder zurückzuwandern? Wir verlieren dabei Tage, in denen Hendrik sonst was anstellen könnte.«

Er hatte ihn Hendrik genannt. Nicht Vater.

»Nein, du hast ja recht, aber sehr sicher hört es sich nicht an.«

»Es ist sicher.«

21.

Zwischen all den Seerosen

Livia

Flynn bedeutete mir mit einer Kopfbewegung, zu ihm ins Wasser zu kommen. Ich würde die Erste sein, die durch das Portal musste. Mit mulmigem Bauchgefühl überwand ich mich vorsichtig, in das dunkle, kalte Wasser zu steigen. Die Intensität des violetten Lichtes verstärkte sich. Die Wassergeister reagierten auf meine Anwesenheit. Ein Schauer lief mir über den Rücken und ich durfte nicht daran denken, dass ich all diese Geister als Menschen gekannt hatte. Mein Körper zitterte und ich hoffte, das Wasser bald wieder verlassen zu können.

»Wir tauchen jetzt ab und ich bring dich zum Portal. Du wirst dann sofort hindurchschwimmen, okay? Und vergiss nicht, daran zu denken, dass du zu Thea möchtest.«

Er ließ nicht zu, mich selbst im Wasser zu bewegen, sondern drückte mich an seinen warmen Körper. Seine Nähe irritierte mich, sie war so fremd und doch so vertraut.

Mit Schwung tauchten wir ab. Meine Augen hielt ich geschlossen. Wir glitten mit einer Geschwindigkeit durch das Nass, die ich für unmenschlich hielt. Kreischen drang an mein Ohr, mal war es näher, mal weiter entfernt. Es waren die Geister, die ich hörte, und so sehr ich es auch hasste, meine Augen unter Wasser zu öffnen, so musste ich mich dennoch dazu zwingen. Es machte mich verrückt, nicht zu wissen, was rund um mich herum passierte, während ich so klar und deutlich hörte, dass etwas geschah. Außerdem sollte ich das Portal erkennen können. Meine Augen brannten, als das Wasser eindrang. Sehen konnte ich dennoch fast nichts, denn es war zu dunkel und zu trübe. Was ich aber sah, waren die leuchtenden Geister, die wie schwebende Schatten um uns tanzten, wie Pfeile schossen sie auf uns zu und prallten an einer unsichtbaren Wand ab, so sah es zumindest aus.

Wie war es möglich, dass Flynn plötzlich all diese Kräfte nutzen konnte? Hätten ihm diese Dinge nicht schon viel früher auffallen müssen, wenn es ihm jetzt so leichtfiel, damit umzugehen?

Wir glitten weiterhin mit einer so hohen Geschwindigkeit durch den See, dass es mir schon seltsam vorkam, denn so groß sah dieser vom Ufer gar nicht aus. Gleichzeitig tauchten wir immer tiefer und ich glaubte zu erkennen, dass wir in eine Höhle geschwommen waren. Leichte Panik erfüllte mich, denn wenn der Weg noch länger dauerte, würde ich ertrinken. Die Luft ging mir aus und ich war viel zu weit von der Wasseroberfläche entfernt, um es rechtzeitig dorthin zurückzuschaffen. Wir näherten uns einem immer heller werdenden Licht, das aus einem Loch in der

Höhlenwand schien. Das musste das besagte Portal sein. Gott sei Dank. Bald würde ich wieder atmen können.

Ich rüstete mich, gleich von Flynn freigegeben zu werden und hindurchzuschwimmen, doch entgegen meiner Erwartung hielt er nicht an. Wir eilten weiterhin in gleichbleibendem Tempo darauf zu und ich besann mich, daran zu denken, in die Erdwelt zu wollen. Der Druck seiner Arme um mich wurde stärker und er presste mich noch enger an sich. Helles Licht flutete alles um uns herum. Das Gefühl der Schwerelosigkeit fiel über mich herein, doch es hielt nicht lange an. Im nächsten Moment war ich wieder umgeben von eiskaltem Wasser. Wo war die Wasseroberfläche? Ich brauchte Luft, und zwar sehr, sehr dringend. Waren wir immer noch im See oder waren wir schon in der neuen Welt? Ich wusste es nicht und merkte, wie ich dem Rand meiner Bewusstseinsgrenze immer näher rückte.

Endlich tauchten wir auf.

Immer noch an Flynn gedrückt, rang ich nach Luft und hustete.

»Geht es dir gut?« Atemlos hievte er mich ins weiche Gras. Ich war noch nicht fähig, ihm eine Antwort zu geben. Zu sehr war ich damit beschäftigt, meine Lunge mit Sauerstoff zu füllen.

»Ich glaube, es geht wieder«, krächzte ich ein paar Minuten später.

Inzwischen war er ebenfalls aus dem Wasser geklettert und neben mir in die Hocke gegangen. Mit seinen eisblauen Augen musterte er mich besorgt.

»Du kannst die anderen ruhig holen, ich komme klar«, schob ich nach.

Bestürzt sah er mich an. »Um ehrlich zu sein, weiß ich nicht, ob das noch möglich ist. Ich hätte nicht mit durch das Portal schwimmen dürfen. Ich glaube, hier im Teich gibt es kein Gegenportal. Aber ich werde trotzdem kurz nachsehen.« Mit diesen Worten ließ er mich am Ufer zurück und sprang wieder ins Wasser.

Erst jetzt nahm ich unsere Umgebung wahr und realisierte, wo wir gelandet waren. Es war Nacht und der Vollmond schien direkt auf das Wasser, aus dem wir kamen. Es war ein kleiner Teich, der vom Ufer aus betrachtet, nicht sonderlich tief wirkte. Die Oberfläche war übersät von Seerosen, die ihre Blütenköpfe dem hellen Mondlicht entgegenstreckten. Ich sah mich weiter um und erkannte, dass dieser Teich Teil einer großen Parkanlage war und nicht unweit von mir entfernt ein kleiner Pavillon stand, dessen verschnörkelte Eisenstäbe von Rosenranken erklommen wurden. Am Ende des Parks hinter meinem Rücken tat sich ein prunkvolles Schloss auf. Der Vollmond irritierte mich, schon bei unserem letzten Besuch stand er kreisrund am Himmel.

Die Schönheit dieses Ortes konnte meine Sorge allerdings nicht lindern, nachdem Flynn mir offenbart hatte, dass er Gerda und Adam im Stich gelassen hatte. Was hatte er sich nur dabei gedacht? Allein würden sie es niemals schaffen, den ganzen Weg durch all die Geister zu tauchen.

Ich hatte keine große Hoffnung gehabt, aber als Flynns Kopf als einziger zwischen all den Seerosen auftauchte, wurde ich erneut von einer Welle der Enttäuschung überrollt. Wir waren tatsächlich von den anderen beiden getrennt worden und sie waren nun mit einem See voller Wassergeister auf sich allein gestellt.

»Warum hast du das gemacht?«, wollte ich wissen und klang dabei wütender, als ich beabsichtigt hatte.

»Kein Grund, böse auf mich zu sein. Ich hatte keine andere Wahl, dir ging die Luft aus«, sagte er schlicht und setzte sich neben mich ins Gras. »Ich musste dich so schnell wie möglich an die Wasseroberfläche bringen. Hättest du es allein nicht geschafft, hätte ich mir das nie verziehen.«

»Aber ich hätte es geschafft.«

»Nein, hättest du nicht.«

»Doch, womöglich schon.«

»Es wäre ein Risiko gewesen, das ich niemals eingegangen wäre.«

»Aber was sollen wir denn jetzt machen? Was ist, wenn den anderen etwas passiert?«

»Ich denke, wir sollten uns nicht von dem Plan abbringen lassen, Thea so schnell wie möglich ausfindig zu machen.«

»Meinst du das ernst? Findest du nicht, wir sollten ihnen lieber helfen? Die laufen wahrscheinlich gerade um ihr Leben!«, sagte ich entrüstet.

»Du hast doch gesehen, was Hendrik vorhat, oder etwa nicht? Willst du, dass er noch mehr Menschen in dem See ertränkt? Reicht dir unser ganzes Dorf denn nicht?«

»Doch, natürlich.« Resigniert warf ich das Gänseblümchen ins Wasser, das ich neben mir aus dem Gras gepflückt hatte.

»Mach dir nicht zu viele Sorgen um die zwei. Gerda ist besser im Kämpfen, als du vielleicht denkst. Sie kann gut auf Adam aufpassen. Außerdem bin ich mir sicher, sie werden einfach zurück zum Tempel gehen und nachkommen.«

»Aber wir wissen doch gar nicht, wie groß diese Welt ist, sie werden ganz woanders landen.«

»Das wird schon. Wir suchen alle nach Thea, bei ihr werden wir uns treffen.«

»Ich hoffe, du hast recht.«

22.

Zum Tode verurteilt

Adam

»Ich finde, wir haben allmählich lange genug gewartet. Wir sollten uns auf den Weg machen.« Gerda stand vom Boden auf und klopfte sich das Laub von der Hose.

Ich konnte noch immer nicht begreifen, was geschehen war. Die Ereignisse der letzten Stunden hatten sich förmlich überschlagen. Flynns Vater wollte die Welt unter seiner Kontrolle haben, ich wurde von einem seiner Geister gebissen, es existierte Wassermagie und Flynn konnte sie nutzen. Und jetzt waren Flynn und Livia auch noch beide in dem See verschwunden.

»Wir haben Glück, dass sich die Geister momentan ruhig verhalten, und auch, dass Hendrik noch nicht wieder hier ist. Adam, komm schon, wir müssen zum Tempel. Eine andere Chance, den beiden zu folgen, haben wir nicht. Wir können das Portal hier nicht gefahrlos nutzen.«

»Was, wenn Flynn uns absichtlich zurückgelassen hat, weil er Livia für sich will?«

»Warum sollte er das wollen? Nein, das würde er nicht tun, die Sache hier ist viel zu wichtig, als dass er sie durch solche Albernheiten gefährden würde.« Sie klang gereizt. Auch wenn es sich für mich nicht richtig anfühlte, nicht denselben Weg hinter Livia herzugehen, so musste ich akzeptieren, dass das in diesem Fall wohl eher einem Selbstmord gleichen würde. Gerda hatte recht, wir mussten schauen, dass wir hier wegkamen. So schnell und unvorbereitet wollte ich Hendrik nicht schon wieder gegenübertreten. Eilig verließen wir die Lichtung und Gerda reichte mir einen Dolch.

»Hier, nimm das. Die Klinge ist aus Amethyst, damit kannst du dich verteidigen, sollten sie uns folgen«, sagte sie.

Dankbar nahm ich ihn an und fühlte mich gleich ein bisschen weniger hilflos. Sie wirkte angespannt. Andauernd sah sie sich um und hatte ihre Waffe griffbereit. Sie fand es äußerst seltsam, dass uns die Geister aus dem See in Ruhe ließen.

Wir erreichten das Dorf und durchquerten es, ohne eine Pause einzulegen. Gerda stufte es als zu gefährlich ein, weil wir nicht wussten, wo Hendrik war und wie schnell er hier sein konnte. Die Wahrscheinlichkeit, dass er hier auftauchen würde, war sehr groß. Gegen Abend kamen wir an jener Hütte an, an der ich mit Livia unsere erste Rast eingelegt hatte. Verrückt, dass all das erst wenige Tage zurücklag. Es kam mir vor, als würde ich sie schon

Jahre kennen. Was war das bloß zwischen uns? Es wäre wohl zu schön gewesen, den Wald einfach wie geplant mit ihr zu verlassen. Wir hatten auch heute wieder vor, hier zu übernachten und es fühlte sich seltsam an. Ich ließ mich direkt ins Bett fallen, denn ich war erschöpft.

»Wer zuerst aufwacht, weckt den anderen und wir brechen auf, okay?«, sagte sie und löste währenddessen ihr feuerrotes Haar aus dem Zopf.

Sie legte sich ebenfalls ins Bett und verlor kein Wort mehr. Meine Gedanken waren bei Livia, dem Mädchen mit den grünen Augen und dem schönsten Lächeln, das es für mich gab. Ich hoffte, dass es ihr den Umständen entsprechend gut ging, dass sie es heil in die andere Welt geschafft hatte und dass sie es mit Flynn aushielt. Am liebsten würde ich gar nicht hier liegen, nein, wenn ich könnte, dann würde ich den ganzen Weg bis zum Portal ohne Pause durchsprinten. Es machte mich wahnsinnig, hier untätig zu liegen, während sie vielleicht gerade meine Hilfe benötigte. Aber das konnte ich Gerda nicht zumuten und ich konnte auch nicht einfach ohne sie losrennen wie ein Verrückter, denn ich brauchte sie. Sie kannte sich hier aus, ich nicht. Nachdem sich meine Gedanken nun bereits zum tausendsten Mal im Kreis gedreht hatten, merkte ich, wie ich dem Schlaf immer näherkam.

Ich riss die Augen auf und war von einer Sekunde auf die nächste hellwach. Irritiert setzte ich mich auf. Was war geschehen? Wieso war ich wach? Es war doch noch immer stockdunkel, Gerda schlief. Mein Herz raste, als wäre ich vor Schreck aufgewacht, doch wovor hatte ich mich erschrocken? Ich hielt den Atem an und lauschte in die Nacht hinaus, doch ich nahm nichts wahr. Nichts, bis auf die gleichmäßige Atmung von Gerda. Wir hatten nicht einmal ein Feuer entzündet, bevor wir gestern schlafen gegangen waren. Mich fröstelte und ich dachte mir, dass ich wohl etwas geträumt hatte, an das ich mich nicht mehr erinnern konnte, und legte mich wieder zurück aufs Kissen. Im selben Moment erstarrte mein Körper zu Stein, so fühlte es sich zumindest an. Da war jemand in meinem Kopf. Eine Stimme.

»*Komm raus aus der Hütte, mein Junge*«, sagte sie.

Ich setzte mich auf und tat, wie mir die Stimme im Kopf befohlen hatte. Obwohl ich das nicht wollte. Ich verließ das Bett und schließlich die Hütte, trat hinaus in die finstere Nacht, in der man kaum etwas sah. Obwohl ich das nicht wollte. Ich war nicht derjenige, der meinen Körper steuerte. Ich stand vor der Hütte und starrte ins Schwarze, meine Augen gewöhnten sich nur langsam an die Dunkelheit. Ich beobachtete die Umgebung und erstarrte. Unweit von mir bewegte sich etwas. Eine dunkle Gestalt, die mich zu sich winkte. Ich wartete, ob sich mein Körper auch dieses Mal ohne meine Hilfe in Bewegung setzte, doch er tat es nicht. Es war nun meine eigene Entscheidung, auf diese Gestalt in der Dunkelheit zuzugehen. Ich näherte mich dem Waldrand. Mein Herz klopfte immer schneller und ich ahnte bereits, wer es war. Vor mir stand ein groß gewachsener, alter Mann mit silbergrauen Haaren und einem selbstzufriedenen Lächeln auf dem Gesicht. Hendrik.

»Na, wie fühlt es sich an, das zu tun, was ich von dir verlange?«, fragte er belustigt. »Was für ein Pech aber auch, dass du erwischt wurdest. Pech für dich, aber Glück für mich, denn ich habe einen Auftrag für dich. Du wirst ihn lieben.« Er hatte die Hände hinter seinem Rücken verschränkt und wanderte im Kreis um mich herum. Seine Augen waren dabei stets auf mich fixiert. »Wirst du ihn annehmen?« Er lachte boshaft und amüsierte sich köstlich. »Ach, was rede ich denn da, natürlich wirst du ihn annehmen.«

Er beendete seine Runde und blieb vor mir stehen. Ich stand stocksteif da, kalter Schweiß rann mir über den Rücken und ich hatte Angst, Angst vor dem, was er mir nun befehlen würde. Ich befürchtete das Schlimmste, doch als ich hörte, was er sagte, übertraf das meine Definition von *das Schlimmste* um Welten.

»Mein lieber Adam, so heißt du doch? Du wirst für mich Livia finden und sie töten, meinen Sohn bringst du dann zu mir und

Gerda tötest du auch, aber erst, nachdem du Livia und Flynn gefunden hast, du brauchst sie, um zu ihnen zu gelangen. Ach ja, und verrate Gerda nichts von unserem Treffen, verrate es niemandem. Vielen Dank, ich weiß deine Mühe zu schätzen.« Mit diesen Worten drehte er auch schon wieder um und entfernte sich von mir.

Ich war unfähig, irgendetwas zu erwidern, unfähig, auch nur einen klaren Gedanken zu fassen oder das Gewicht meines Körpers noch länger zu tragen. Ich brach an der Stelle zusammen, an der ich zum Tode verurteilt worden war, denn bevor ich Livia töten würde, starb ich lieber selbst. Durch den Schleier aus Tränen sah ich, wie in der Ferne zwei rote Lichter aufleuchteten. Ich brauchte eine Weile, um zu verstehen, dass es sich dabei um die Rücklichter eines Autos handelte, das sich immer weiter von mir entfernte. Etwas, das ich schon sehr lange nicht mehr gesehen hatte, etwas aus der *echten Welt.* Eine Welt, in die ich mich nun sehnlichst zurückwünschte, zurück in mein altes Leben.

23.

Das königliche Verlies

Livia

Klatschnass entfernten wir uns von dem Seerosenteich und folgten einem schmalen Weg in die entgegengesetzte Richtung des Schlosses. Links und rechts von uns wuchsen üppige Fliedersträucher und umhüllten uns mit ihrem betörenden Duft. Wildes Hufgeklapper ertönte und ich drehte mich erschrocken um. Zwei Pferde mit Reitern kamen in hohem Tempo auf uns zu galoppiert. Flynn packte mich an der Hand und zog mich runter vom Weg. Anstatt an uns vorbeizureiten, wurden die Männer langsamer und hielten neben uns an. Sie trugen Rüstungen aus Leder, an ihren Gürteln hingen Schwerter und ihre Gesichter waren verborgen unter schwarzen Helmen. Hektisch sprangen sie von ihren Pferden ab und stürmten auf uns zu. Ich war so überrumpelt von der Situation, dass ich nicht begriff, was geschah. Zeitgleich packten sie uns brutal an den Armen. Verdrehten sie auf den Rücken und fesselten uns.

»Hey, was soll das?«, rief ich verzweifelt und versuchte, mich zu wehren. »Was haben wir denn falsch gemacht?«

Die Männer gaben keinen Ton von sich und das Seil um mein Handgelenk wurde schmerzhaft zusammengezurrt. Die Striemen von Hendriks Fesseln brannten noch immer.

»Das muss ein Missverständnis sein, wir sind doch gar nicht aus dieser Welt«, versuchte es Flynn. Doch auch ihm antworteten sie nicht. Stumm setzten sie sich auf ihre Schimmel und trabten mit uns an den Seilen zurück zum Schloss. Ich musste mir ordentlich Mühe geben, mein Tempo zu halten, um nicht hinterhergeschliffen zu werden. Konnte der Tag noch schlimmer werden? Warum mussten wir auch ausgerechnet in einem Schlosspark landen? Sicherlich hielt man uns für Einbrecher.

Flynn versuchte weiterhin sein Glück und redete auf die Wachmänner ein. Erklärte, wir hätten keine bösen Absichten und dass wir nur durch Zufall hier gelandet wären und auch ganz schnell von diesem Grundstück verschwinden würden, wenn sie uns einfach freiließen. Doch es brachte alles nichts.

Wir erreichten das Schloss und blieben vor dem prunkvollen Gebäude stehen. Überall auf dem Vorplatz waren steinerne Springbrunnen platziert, deren Wasserfontänen um die Wette plätscherten.

Die Männer sprangen von den Pferden und ich wurde näher herangezogen, bis ich dicht vor einem von ihnen stand. Er griff nach dem Beutel, der neben seinem Schwert hing, holte ein Pulver daraus hervor und blies es mir ins Gesicht.

Zwei Sekunden später wurde mir schwarz vor Augen.

Kreisende Handbewegungen auf meinem Kopf waren das erste, dass ich spürte, als ich zitternd zu mir kam. Beißender Gestank stieg mir in die Nase.

»Na endlich«, hörte ich Flynn erleichtert sagen und das Kraulen auf meinem Kopf verschwand. Ich lag in seinem Schoß und überall unter uns spürte ich feuchtes Stroh. Es war stockdunkel. Ich rückte von ihm ab und ertastete eine Wand aus kaltem Stein. Dort lehnte ich mich dagegen.

»Wo sind wir hier?«, flüsterte ich.

»Ich fürchte, in einem Verlies.«

»Das darf doch wohl nicht wahr sein«, stöhnte ich.

»Geht es dir gut?«

»Bis auf, dass all unsere Leute tot sind, Gerda und Adam im Stich gelassen wurden und es hier eiskalt ist, ja.«

Das Stroh raschelte, als er sich bewegte.

»Komm, leg dich wieder zu mir. Wenigstens gegen die Kälte können wir uns ein bisschen helfen.«

»Nein, schon gut«, murmelte ich. So kalt war mir nun auch wieder nicht.

Er sagte nichts mehr und ich dachte schon, die Unterhaltung wäre beendet, doch dann räusperte er sich.

»Hasst du mich denn wirklich so sehr?«, fragte er leise.

»Ich hasse dich nicht.«

»Wieso meidest du dann meine Nähe? Versteifst dich, wenn ich mit dir spreche? Livia, ich bin doch kein Fremder.«

Ich fühlte mich ertappt. Mein Magen zog sich zusammen und mir wurde übel. Ich wollte dieses Gespräch nicht führen. Vor allem nicht jetzt.

»Rede doch mit mir«, schob er nach, weil ich stumm geblieben war.

»Ich weiß nicht, wie ich meine Gefühle zu dir einordnen soll. Du hast mich verletzt und jetzt tust du so, als wäre unsere Trennung damals gar nicht das gewesen, was du wirklich gewollt hast.« Ich atmete tief ein, ehe ich meinen Satz fortführte. »Die Vorstellung, dass all der Schmerz nicht hätte sein müssen, wenn wir beide damals in Bezug auf unsere Gefühle ehrlich gewesen wären, macht mir zu schaffen. Ich hatte Angst, dir falsche Hoffnungen zu machen, wenn wir uns so vertraut verhalten würden.«

Diese Antwort kostete mich viel Kraft, doch er sollte wissen, dass ich ihn nicht hasste. Das tat ich nicht und das würde ich auch nie können.

»Es ist dieser Adam, oder? Du hast dich in ihn verliebt?« Letzteres klang eher nach einer Feststellung als nach einer Frage.

»Ich weiß es nicht«, gestand ich. Es tat gut, auch auf diese Frage ehrlich geantwortet zu haben. »Aber auch wenn dem nicht so sein sollte, hätte das mit uns keine Chance mehr, Flynn. Ich denke nicht, dass es noch einmal ein *Uns* geben kann. Dazu hatte ich zu lange negative Gefühle für dich.«

Stille. Bis auf ein leises Tropfen von Flüssigkeit auf Blech irgendwo hier unten.

»Es tut mir so leid«, wisperte er und die Traurigkeit in seiner Stimme war nicht zu überhören. »Vielleicht gelingt es mir ja dennoch eines Tages.«

»Was gelingt dir?«, fragte ich ein wenig verwirrt.

»Dich zurückzuerobern.«

Darauf sagte ich nichts mehr.

Mit bebendem Körper kauerte ich mich zusammen und versuchte, mich durch hin und her wippen ein wenig zu wärmen.

»Willst du wirklich lieber frieren, als meine Nähe zu dulden?«

»Berechtigte Frage«, erhob sich eine brummige Stimme, die offenbar aus der Zelle neben ums kam. »Ich an deiner Stelle, Mädchen, würde das Angebot annehmen. Du willst doch nicht, dass auch dir die Zehen abfrieren.« Rasselndes Husten folgte, begleitet von dem Klimpern von Eisenketten.

Vor lauter Schreck hatte ich mir auf die Zunge gebissen und ein metallener Geschmack breitete sich aus.

»Wer zur Hölle sind Sie und wieso haben Sie sich nicht früher zu erkennen gegeben?«, fluchte Flynn.

Das Klimpern kam näher, ehe es aufhörte. Der Mann antwortete nicht.

»Hallo?«, hakte Flynn erneut nach, aber es blieb bei dem Schweigen.

»Wieso spricht denn hier keiner mit uns?« Aufkeimende Wut blitzte aus seiner Stimme hervor.

Ich rückte näher an ihn heran, sodass sich unsere Schultern berührten. Meine Hand legte ich auf sein ausgestrecktes Bein.

»Beruhige dich. Wir werden schon noch erfahren, was hier los ist«, flüsterte ich. Zu wissen, dass hier noch jemand war, womöglich auch mehr als nur eine Person, erschwerte es mir, frei zu sprechen. Er legte seine Hand auf meine und wir saßen stumm in der Finsternis.

Eine gefühlte Ewigkeit war vergangen. Meine Muskeln schmerzten vom vielen Zittern und mein Hals war staubtrocken. Ein ohrenbetäubendes Quietschen hallte durch die Gemäuer, gefolgt von schweren, metallenen Schritten. Endlich tat sich hier unten etwas. Sie kamen näher und eine kleine helle Flamme tauchte in meinem Sichtfeld auf. Jetzt konnte ich auch die dicken Eisenstäbe erkennen, hinter denen wir saßen. Ein großer, schlanker Mann, gekleidet in derselben ledernen Uniform wie die Männer, die uns hierhergebracht hatten, schloss die Tür auf. Ohne etwas zu sagen, hielt er sie offen und blieb danebenstehen. Hieß das, wir sollten rauskommen? Wahrscheinlich. Flynn stand auf und zog mich hoch. Wir traten hinaus und warteten darauf, was als Nächstes geschah. Der Mann schloss die Tür und ging den Gang entlang. Wir folgten ihm und kamen an einigen Zellen vorbei. Das spärliche Kerzenlicht ließ allerdings nicht zu, dass man erkannte, was sich dahinter verbarg. Links von mir raschelte es und plötzlich tapste etwas in schnellen Schritten über die steinernen Bodenplatten zu meinen Füßen. Ein Schauder durchlief mich und ließ mich erzittern. Bestimmt gab es hier Ratten.

Am Ende eines langen, bergaufführenden Tunnels tat sich Licht auf. Je näher wir kamen, desto greller wurde es, und ich stellte mit Schreck fest, dass es mittlerweile Tag geworden war. Wir traten ins Freie. Ich blinzelte gegen die Sonnenstrahlen an und war dankbar für die Wärme, die sie mit sich brachten. Um uns herum ragten hohe Mauern in die Luft und auf ihnen waren mindestens zwanzig Wachen positioniert. Es gab nur zwei Tore in diesem Hof, das, aus dem wir gekommen waren und das, das in das Schloss führte. Diesmal wurden uns keine Fesseln angelegt.

Ab und zu drehte sich der Mann zu uns um und warf uns einen kurzen Blick zu, um sicherzugehen, dass wir ihm noch folgten.

Die Gänge im Inneren des Schlosses waren kahl. Steinerne Böden, weiße Wände, hohe Decken mit Kerzenleuchtern, keine Möbel. Schade, ich hatte mir schon ein wenig Prunk erhofft. Nachdem wir unzählige Türen passiert hatten, erreichten wir schließlich eine hohe Flügeltür, die sich von den anderen deutlich abhob. Sie schien aus purem Gold zu bestehen und war verziert mit floralen Mustern aus Rubinen. Okay, diese Tür war prunkvoll. Wir wurden in den Saal geführt und mir stockte der Atem. Auch hier funkelte alles aus Gold und Edelsteinen. Ein roter Samtteppich führte bis ans andere Ende des Saales und wurde auf jeder Seite von je drei Marmorsäulen eingerahmt. Wir schritten über den Teppich und kamen dem Thron, der am anderen Ende auf uns wartete, immer näher. Als ich erkannte, wer darauf saß und uns entgegenblickte, traute ich meinen Augen nicht.

Es war Thea.

24.
Nebelgestalten
Adam

Wir hatten den Weg zum Tempel erreicht, Gerda erzählte mir pausenlos Dinge, doch ich konnte ihr nicht zuhören. Sie stellte eine Frage, erhielt keine Antwort, redete einfach weiter. Sie hatte Verständnis für meine schlechte Laune und dafür war ich ihr dankbar, auch wenn sie die falschen Schlüsse zog.

Im Moment wollte ich nichts lieber, als Livia nie wieder zu treffen. Ich versuchte zum hundertsten Mal auszusprechen, was geschehen war, Gerda zu warnen, ihr zu sagen, sie solle mich besser töten, denn sonst müsste ich sie töten. Doch jedes Mal, wenn ich den Mund aufmachen wollte, um meine Stimme zu finden, da ging er nicht auf. Meine Lippen, meine Zunge, meine Stimmbänder, nichts bewegte sich. Wenn ich es irgendwie aufschreiben wollte mit einem Stock auf dem Boden, dann tat es mein Körper nicht. Er griff nicht nach dem Stock, den ich ansah, und ging einfach weiter, meine Gedanken und Befehle völlig ignorierend. Es war frustrierend und beängstigend. Wie konnte ich verhindern, das zu tun, was mir befohlen wurde? Ich wollte einen anderen Weg einschlagen, fortgehen, doch meine Füße folgten weiterhin

Gerda. Ich war wie ferngesteuert. Jedes Mal, wenn ich sie ansah, versuchte ich zu schreien, vor Verzweiflung, vor Wut, doch selbst das funktionierte nicht. Ich würde zum Mörder werden, obwohl ich unschuldig war. Wie sollte ich damit leben können? Was, wenn ich es getan hatte? Was dann? Würde schon der nächste Auftrag auf mich warten? War ich nun für immer und ewig Hendriks Marionette? Konnte er meinem Körper auch das Sterben verbieten? Dann war ich gefangen in der Hölle.

»Adam! Jetzt rede doch endlich auch mal mit mir. Du hast seit heute Morgen noch kein einziges Wort gesagt. Wir finden schon eine Lösung für deinen Biss und Livia geht es ganz bestimmt gut, kein Grund, dir jetzt den Kopf darüber zu zerbrechen, als gäbe es kein Morgen mehr.«

»Du denkst, es gäbe eine Lösung hierfür?« Ich deutete auf die Wunde an meinem Hals.

»Also, ich weiß es natürlich nicht, aber ich kann mir schon vorstellen, dass Thea uns da vielleicht helfen kann.«

Es fühlte sich nicht überzeugend an, eine einzelne, im Grunde fremde Person einfach als Lösung für alles anzusehen. Es kam mir ein wenig naiv vor.

»Dazu müssen wir sie erst einmal finden, da mache ich mir lieber nicht allzu große Hoffnungen.«

»Es wird schon alles gut werden.«

Wir beschlossen, die Nacht weiterzuwandern. Das war uns beiden lieber, als irgendwo ohne ordentliche Unterkunft zu übernachten. Auch wenn wir in der Dunkelheit kaum etwas sahen, hatte Gerda offenbar keine Probleme, den richtigen Weg zu finden. Sie folgte zielstrebig den Trampelpfaden, als wären diese ihr täglicher Schulweg gewesen.

Ein Rascheln neben uns im Gebüsch ließ mich aufhorchen. Keine Sekunde später sprang etwas daraus hervor. Vor Schreck schrien wir auf, doch zu unserer Erleichterung war es lediglich ein kleiner Hase, der im nächsten Gebüsch auch schon wieder verschwand.

Mittlerweile war es mir gelungen, mich auf das zu konzentrieren, was Gerda erzählte. Sie hatte immer noch nicht aufgehört zu reden. Ich schaffte es, meiner Gedankenspirale zu entkommen und Hendriks Worte zu verdrängen. Wenigstens ein bisschen. Sie redete von ihrem zukünftigen Gewürzladen und ihren Gewürzmischungen. Sieben hatte sie fertig, arbeitete aber noch an weiteren. Sie erzählte mir auch, dass sie gern eine Ausbildung als Parfümeurin machen wollte, weil das, wie sie fand, gut zu ihren Gewürzmischungen passte, weil sie bei denen auch viel mit Düften arbeiten würde.

»Das hört sich wirklich schön an«, war jedoch alles, was ich dazu sagen konnte. Gleichzeitig fühlte ich mich schlecht, weil ich ihre Euphorie nicht mit meiner schlechten Laune dämpfen wollte. Mir war klar, dass das viele Reden für sie auch nur bedeutete, ihre Gedanken von den gestrigen Ereignissen ablenken zu können. Sie wechselte das Thema und ich erfuhr von ihren Eltern. Sie starben, als sie noch ganz klein gewesen war, angeblich bei einer heldenhaften Wassergeister-Mission, doch sie betonte dies sarkastisch. Nach den letzten Ereignissen glaubte sie diese Geschichte wohl nicht mehr ganz. Nach deren Tode lebte sie bei ihrer Großmutter in der Hütte, hatte jedoch nie wirklich eine Familie gehabt, zu der sie sich zugehörig gefühlt hatte. Ihre Großmutter starb vor ein paar Jahren, seitdem lebte sie allein.

»Was empfindest du für Livia?«

Diese Frage brachte mich aus dem Konzept. So direkt hatte ich sie nicht erwartet. Livia. Meine Gedanken schossen zu ihr, waren dabei, sich wieder in den Kreislauf einzuordnen, der mich daran denken ließ, dass ich mich in sie verliebt hatte, ich mir aber kein Leben mit ihr vorstellen durfte, weil es nie existieren würde. Ich musste sie töten und hoffte, dass sie besser trainiert war als ich und mich in ihrer Notwehr zuerst tötete. Darauf setzte ich. Das war meine einzige Hoffnung, die ich noch hatte. Mein Strohhalm, an den ich mich verzweifelt klammerte. Mein einziger Ausweg, kein Mörder zu werden.

»Okay, tut mir leid. Das war unsensibel von mir. Ich nehme die Frage zurück, kann es mir ohnehin denken«, sagte sie beschämt.

»Nein, schon gut«, beschwichtigte ich sie. »Ich weiß auch nicht. Es klingt komisch, weil wir uns ja erst vor ein paar Tagen kennengelernt haben, aber ich denke, ich habe mich verliebt.«

Mein Geständnis verursachte mir einen Kloß im Hals und ich musste aufpassen, nicht von meinen Gefühlen überwältigt zu werden. Eine Sache bloß zu denken und sie letztendlich laut auszusprechen, waren zwei völlig verschiedene Dinge.

»Eigentlich klingt das überhaupt nicht komisch. Es klingt romantisch. Ich wünschte, jemand würde so für mich empfinden. Ich wünschte, Flynn würde das.« Abrupt blieb sie stehen und hielt sich erschrocken die Hand vor den Mund. »Vergiss den letzten Teil«, schob sie schnell hinterher und ging weiter.

»Ganz bestimmt nicht. Ist doch nichts verkehrt daran.«

»Es ist sinnlos. Seit Jahren bin ich in ihn verliebt, aber bis auf das eine Mal, kurz nachdem wir in den Tempel gezogen sind, hat er mir nie Hoffnungen gemacht, er könnte so auch für mich empfinden. Sein Herz gehört einer anderen. Das muss ich lernen zu akzeptieren, auch wenn es mir bis heute schwerfällt. Besonders jetzt.«

Ich ahnte, worauf das hinauslief.

»Flynn hat eine Freundin?«

»Nein. Nicht mehr. Aber sein Herz hat er bei ihr gelassen.«

»Wer ist sie?«

»Du weißt, wer sie ist.«

»Livia?«

Gerda nickte. Und wie ich es wusste, es war nicht zu übersehen, Gerdas Gefühle überraschten mich jedoch.

»Glaubst du, Livia empfindet auch noch etwas für ihn?«

»Ihre Gefühle für Flynn kann ich nicht deuten, aber was ich sehe, ist ihre Zuneigung dir gegenüber.«

Ich lächelte, doch so schnell, wie es gekommen war, gefror es mir auch schon wieder auf den Lippen.

Für Livia und mich gab es keine Zukunft.

Im Dunkeln hatten wir das Haus mit den Portalen erreicht. Wir hatten uns schlafen gelegt, gefrühstückt und standen nun vor der riesigen, runden Stahltür. Gerda ließ mir den Vortritt. Wie beim ersten Mal kam sie mir vor wie eine Tür ins All, in einen schwerelosen, schwarzen Raum, aber ohne die Schwerelosigkeit.

Ich fiel ins Nichts, ehe mein Körper von selbst abbremste und ich sanft im Gras landete. Dieselbe Wiese, auf der wir auch das letzte Mal gelandet waren, derselbe Wald, derselbe Ort.

Doch eine Sache war anders. Es war kein warmer Frühlingstag. Nein, es war völlig düster. Dunkle Wolken hinderten das Sonnenlicht daran, in seiner vollen Kraft zu strahlen. Nieselregen benetzte mein Gesicht und dicke Nebelschwaden krochen aus dem Wald. Die Kulisse glich der in einem Gruselfilm und ich musste zugeben, mir war nicht wohl bei diesem Anblick.

»Wo sind wir denn gelandet?«, flüsterte Gerda und passte ihre Stimme an diese seltsame Stille an.

Bei unserem letzten Besuch war dieser Wald voller Vogelgezwitscher gewesen. Jetzt hörte man nicht einmal mehr den Wind in den Blättern. Die Haare auf meinem Arm stellten sich auf, aber kalt war mir nicht. Ich sah mich um, um zu erkennen, in welche Richtung wir gehen mussten, doch ich konnte mich nicht orientieren. Alles sah gleich aus, überall dieser Nebel und er wurde von Sekunde zu Sekunde dichter. Ich glaubte, die Bewegung eines Schattens darin ausgemacht zu haben, doch ich verwarf den Gedanken so schnell es ging. Ich durfte meiner Fantasie keinen freien Lauf lassen, sie würde mich verrückt machen. Hier herrschte schlechtes Wetter, mehr nicht. Gruselig war es nur deshalb, weil ich es so interpretierte.

»Adam, hast du das auch gesehen?« Gerdas Stimme ließ mich zusammenzucken. Kurz hatte ich vergessen, dass ich nicht allein war. Ihre Worte waren alles andere als beruhigend. Sie hatte sie auch gesehen, die Schatten, sie waren da und sie waren real. Sie griff nach meiner Hand und hielt sie fest, klammerte sich daran, als würde ihr Leben davon abhängen, und ich konnte es ihr nicht verübeln. Aus dem Nebel kristallisierten sich zwei Gestalten heraus, die sich von den anderen abhoben. Sie kamen auf uns zu, in einem Tempo, das immer schneller wurde.

»Sollen wir laufen?«, schlug Gerda mit bebender Stimme vor.

Ich setzte mich in Bewegung und zog sie mit mir. Keine Ahnung, ob wir laufen mussten, ob diese Gestalten böse Absichten hatten, ob Flucht überhaupt etwas bringen würde oder sie ohnehin irgendwelche übernatürlichen Fähigkeiten besaßen. Ich wusste nichts, aber mein Instinkt sagte mir: *»Lauf!«*

Wir rannten direkt auf die vor uns liegende Nebelwand zu, in der Hoffnung, sie würde sich ein wenig lichten, wenn wir näher kamen, aber sie blieb undurchdringlich. Ich wagte es, mich umzudrehen. Unsere Verfolger trugen lange dunkle Mäntel mit Kapuzen, viel konnte man von ihnen nicht erkennen, aber sie waren schnell, viel zu schnell. Ich erhöhte das Tempo, aber musste auch auf Gerda Rücksicht nehmen, ich konnte sie nicht hinter mir zurücklassen, wir mussten zusammenbleiben.

Der Boden vor uns glitt auseinander wie eine Falltür und wir stürzten geradewegs in eine Grube. Im selben Moment sprangen auch die beiden Fremden zu uns herein und als wäre in dieser

Sekunde nicht schon genug passiert, stürzte auch noch ein Baum neben uns zu Boden. Sein Blätterkleid landete über uns, und wir waren unter ihm begaben. Ich rappelte mich auf und rückte an den Rand des Erdlochs. Mein Herz pochte wie wild.

Der Mann nahm seine Kapuze zuerst ab. Er hatte eine Glatze und ein faltiges Gesicht. An seinen Ohren trug er hölzernen Schmuck. Die junge Frau zeigte sich ebenfalls und mir war, als hätte ich sie schon einmal gesehen. Ihre langen dunklen Haare trug sie zu einem dicken Zopf geflochtenen und ihre Augen funkelten in schönem Grün.

»Habt keine Angst«, sagte sie. »Wir sind auf eurer Seite. Die Nebeltänzer haben uns genauso überrascht.«

»Nebeltänzer?«, fragte Gerda.

»Verstehe«, sie nickte. »Ihr seid nicht von hier. Nebeltänzer sind Geister, die mit dem Nebel reisen, immerwährend auf der Suche nach Menschen, die sie sich einverleiben können.«

Ich schluckte.

Nach einer Weile erhob sich die junge Frau so gut es ging und wagte es, einen Blick nach draußen zu werfen. Vorsichtig schob sie ein paar Blätter der Baumkrone beiseite und lugte hinaus.

»Sieht gut aus«, murmelte sie und der Baum über uns wurde mit einem Ruck fortgerissen. Gerda schrie auf, doch es war niemand außer uns hier.

»Moment mal«, sagte ich. »Ihr wart das? Ihr habt dieses Loch und den Baum hier platziert?«

»So ist es.« Sie drehte sich um und grinste. »So, wie ich uns gerade eben auch wieder befreit habe.«

»Ihr seid also imstande, die Erdmagie zu nutzen?« Ich erinnerte mich an Theas Worte und war beeindruckt.

Die beiden nickten.

Wir kletterten aus der Grube und sie wuchs hinter uns zu. Der Baum stellte sich auf, so als wäre nichts geschehen. Von dem Nebel keine Spur mehr. Eine Gruppe von Spatzen landete vor meinen Füßen. Aufgeregt hüpften sie umher und zwitscherten lautstark. Perplex machte ich ein paar Schritte rückwärts, doch sie ließen nicht von mir ab. Der alte Mann lachte.

»Sie wollen, dass ihr ihnen folgt«, sagte er. »Das sind Boten der Königin.«

Gerda schlug die Hand vor den Mund. »Oje, was könnte sie von uns wollen? Wir haben es eigentlich eilig und wollten zur Eibenburg um jemanden Namens Thea zu treffen.«

Der Mann lachte schon wieder, doch als er sich beruhigte, sagte er: »Hier gibt es nur eine Person, die Thea heißt, und das ist die Königin. Sieht so aus, als hätte sie euch zuerst gefunden.«

»Was?« Ungläubig riss Gerda die Augen auf.

Der Mann war wieder in sein Gekicher verfallen.

»Ja, das ist so eine Sache mit der Königin, sie mag es nicht besonderes, als solche wahrgenommen zu werden«, erklärte die junge Frau.

Einer der kleinen Vögel hüpfte auf meinen Fuß und versuchte mich ins Bein zu zwicken.

»Ist ja gut, wir folgen euch«, sagte ich und versuchte, ihn abzuschütteln. Als hätte er meine Worte verstanden, flatterte er davon und die anderen taten es ihm gleich. Ein Stück von uns entfernt warteten sie und starrten uns an.

»Na dann, viel Glück«, sagte der alte Mann und wir verabschiedeten uns.

Ich hatte keine Vorstellung davon, wie weit wir von Thea entfernt waren oder wie lange dieser Weg nun dauern würde. Aber als wir an einem entwurzelten Baum anhielten, dämmerte mir, dass dies hier kein gewöhnlicher Weg werden würde. Die Spatzen schlüpften hinter die Wurzeln und ich zog ein paar davon zur Seite. Dahinter versteckte sich das schwarze Schwirren eines Portals, in dem sie verschwanden.

»Sollen wir denen wirklich vertrauen?« Skeptisch blickte ich zu Gerda. »Einfach in irgendwelche Portale springen? Sie ist doch in dieser Welt, oder nicht?«

»Wir müssen es versuchen. Thea sagte doch, dass nicht alle Portale zum Weltenwechsel bestimmt sind. Halte dir nur immer vor

Augen, dass du zu ihr möchtest, dann wird schon alles gut gehen. Hoffe ich.«

Ich glaubte ihr, aber das mulmige Gefühl blieb, als wir das Portal passierten.

Der Weg zu Thea führte uns nicht nur durch dieses eine, nein, wie sich herausstellte, waren wir so weit von unserem Ziel entfernt, dass es vier weitere davon bedurfte. Portale, die uns von einem Ort zu dem nächsten teleportierten. Sie alle waren an den unterschiedlichsten Stellen versteckt. In einem Brunnen – zugegeben, in dieses Portal zu springen, kostete mich einiges mehr an Überwindung –, im Keller eines leer stehenden Gebäudes, an einem Wegrand im Nirgendwo und eines in einem ausgehöhlten Baum. Das letzte Portal endete unglücklicherweise im Wasser. Völlig überrumpelt und von eiskaltem Nass umgeben musste ich erst mal an die Oberfläche tauchen. Mühsam hievte ich mich ans Ufer und staunte nicht schlecht. Wir befanden uns in einem riesigen Park. In der Ferne ein prunkvolles Schloss.

25.

Die Aufgabe der Springer

Livia

Thea war die Königin der Erdwelt. Das war das Letzte, womit ich gerechnet hätte.

»Ach, herrje!« rief sie, als sie uns erkannte. »Ihr seid es. Oh, verzeiht mir die Nacht im Verlies, ich wusste nicht, dass ihr kommt.«

Der bordeauxfarbene Tüll ihres Kleides füllte beinahe den gesamten Thronsessel aus und ihr Körper wirkte winzig darin. Ich wusste nicht recht, wie ich reagieren sollte, und machte einen Knicks. Doch Thea winkte sofort ab. »Ach, papperlapapp, lasst diesen Firlefanz. Wir sind doch Freunde. Wo habt ihr denn den Rest gelassen?«

Ich setzte zu einer Antwort an, doch Flynn kam mir zuvor.

»Das ist eine lange Geschichte, aber auch ein Grund, warum wir hier sind. Es geht um Hendrik. Sie hatten recht, er ist nicht der, für den wir ihn gehalten haben.«

»Natürlich hatte ich recht«, murmelte sie und sprang auf ihre Hufe. »Melchor bringt euch schon einmal zum Pavillon in den Garten, ich werde gleich zu euch stoßen und lasse uns ein paar Snacks bringen.« Sie schnippte mit den Fingern und der besagte

Diener trat aus einer Reihe von Männern, die an den Mauern aufgereiht standen, hervor. Er führte uns hinaus aus dem Schloss und durch den Park. Ich erkannte, dass er auf den Teich zusteuerte, durch den wir gekommen waren.

Bei Tageslicht war der weiß gestrichene Pavillon noch besser zu erkennen. Die verschnörkelten Eisenstäbe wurden beinahe gänzlich von den üppigen Rosenranken verdeckt. Sie blühten in einer bunten Mischung aus weißen, gelben und violetten Farbtönen. Mit jedem Schritt, den wir näher kamen, wurde das Summen der Bienen lauter und der Duft der Rosen intensiver. Ich atmete tief ein, schloss meine Augen und genoss den Moment. Melchor verließ uns und kam kurz darauf mit einem Tablett voller kleiner Gurkensandwiches, einer Kanne Tee und Tassen wieder, stellte alles vor uns auf den Tisch und verschwand abermals wortlos.

Kurz darauf kam Thea. Sie hatte sich umgezogen. Anstelle des pompösen Kleides von vorhin trug sie nun ein einfaches, weißes Leinenkleid mit einem beigefarbenen Mieder um die Taille. Sie sah gleich viel weniger königlich aus und mehr wie eine von uns. So, wie wir sie kennengelernt hatten.

»Na, dann schießt mal los.«

Wir erzählten ihr von den Bussen, von Hendriks Plan und den Wassergeistern sowie von Flynns Fähigkeiten und unserer Sorge um Gerda und Adam. Nicht vieles von dem überraschte sie, doch die Sache mit Hendriks Plan ließ sie alarmiert aufhorchen.

»Das darf doch nicht wahr sein!«, fluchte sie. »Mir war klar, dass er Macht wollte, aber ich dachte, sein Ziel wäre das Dorf gewesen, ich dachte, er wäre damit zufrieden. Himmel, war ich naiv. Natürlich reicht es jemandem wie ihm nicht aus, ein ganzes Dorf zu beherrschen. Natürlich will so jemand am liebsten die ganze Welt.« Sie fuhr sich mit den Händen über das pelzige Gesicht und seufzte verzweifelt. »Livia, es tut mir sehr leid für deine Verluste, auch für deine, Flynn. Vor allem auch, dass mit deinem Vater, es muss sehr schwer sein …«

»Bitte lassen Sie das«, unterbrach Flynn sie und Thea verstummte. Auch mir war es lieber, sie würde nicht auf dieser Wunde herumreiten. Es kostete mich auch so alle Mühe, mich nicht von meiner Trauer überrollen zu lassen.

»Natürlich. Tut mir leid. Ihr dürft außerdem ruhig Du zu mir sagen, wir müssen hier nicht förmlich miteinander umgehen. Davon halte ich nichts.«

»Ihr wusstet, wer Hendrik ist? Dass er von der Wassermagierfamilie abstammt? Dass die Geschichte, die er uns erzählt hat, völliger Blödsinn ist?«

»Das hatte ich euch beim letzten Besuch doch versucht zu sagen. Ich wollte euch die Chance geben, der Sache auf den Grund zu gehen. Zu erkennen und zu entscheiden, ob ihr länger in dieser Lügenwelt leben wollt oder nicht. So wie …«, sie hielt inne, als müsste sie sich ihre nächsten Worte gut überlegen. »Ach, nichts.«

»Wie wer?«, hakte ich nach.

»Ihr werdet sie noch früh genug kennenlernen.«

Ich hasste es, wenn Dinge lediglich angedeutet wurden, aber im Moment plagte mich eine viel wichtigere Frage.

»Was unternehmen wir gegen Hendrik? Wir müssen ihn doch irgendwie aufhalten.«

»Allerdings, im Moment weiß ich nur noch nicht, wie.«

»Aber wir müssen so schnell wie möglich handeln, es dürfen nicht noch mehr Menschen durch ihn sterben!«, warf ich ein. Ich wusste, ich war aufdringlich, aber diese Angelegenheit forderte sofortiges Handeln.

»Das weiß ich doch. Aber das hier ist schon so schnell wie möglich.«

»Hast du denn keine Armee oder dergleichen, die wir zu ihm schicken können?«, warf Flynn ein und griff nach einem Sandwich.

»So einfach ist das nicht. Ihr habt ja gesehen, wie er kämpft, mit Magie. Da können wir unmöglich gegen ihn gewinnen. Der Einzige, der etwas bewirken könnte, bist du, Flynn. Aber du bist noch viel zu ungeübt im Umgang mit deiner Gabe.«

»Was ist mit eurer Magie?«

»Die können wir nur hier in unserer Welt nutzen. Schon vergessen?«

»Richtig«, stellte er fest. »Deshalb ging mir im Schlossteich auch die Luft aus.«

Thea nahm sich eines der Gurkensandwiches, schob es sich in ihren Ziegenmund und schluckte es hinunter. »Wir müssen mit den anderen beiden Welten in Verbindung treten«, sagte sie kauend.

»Und was ist mit Adam und Gerda?«, fragte ich vorsichtig.

»Ich werde ein paar Späher losschicken, die sollen Ausschau nach ihnen halten.«

Erleichtert nickte ich. »Danke.«

Thea stand auf und verkündete, sie müsse sich mit ihren Beratern zurückziehen und die Angelegenheit besprechen. Flynn und ich wurden währenddessen hier im Park zurückgelassen. Diese Stille tat mir nicht gut. Immer wieder drifteten meine Gedanken ab. Kehrten zurück zu dem See mit den versenkten Bussen und zu der Tatsache, dass meine Mutter und all die anderen tot waren. Krampfhaft versuchte ich, sie zu verdrängen. Ich durfte mich im Moment nicht von meinen Emotionen überrollen lassen, noch nicht. Noch war der ganze Horror nicht vorbei.

Irgendwann wurden wir von einem von Theas Dienern geholt. Er war in grünem Samt gekleidet und verlor ebenfalls kein Wort. Er führte uns auf den Vorplatz mit den vielen Springbrunnen. Eine Kutsche kam um die Ecke geschlittert und legte direkt vor uns eine beachtliche Vollbremsung hin. Thea stürmte die Eingangstreppen des Schlosses herunter.

»Na los, steigt ein!«, rief sie uns zu und rannte an uns vorbei.

Sie wartete gar nicht erst auf den Kutscher, der bereits herbeieilte, um uns die Tür zu öffnen und fuchtelte mit ihrem Spazierstock an der Klinke herum, bis sie schließlich aufsprang. Wir setzten uns ihr gegenüber auf die Bank und sie erklärte uns, dass wir nun zu einem gewissen Oliver fahren würden, der die Aufgabe hätte, Könige und Königinnen der beiden anderen Welten zusammenzutrommeln.

Die Fahrt dauerte eine ganze Weile. Wir verließen die Stadt und die Häuser am Wegrand wurden immer weniger, bis irgendwann gar keine mehr zu sehen waren. Vorbei an großen Feldern, bunten Wiesen, Weiden und Wäldern. Die Kutsche hielt an und ich wusste nicht recht, ob das hier unser Ziel war oder ob der Stopp einen anderen Grund hatte, denn alles, was ich sah, waren eine Wiese und Bäume, sonst nichts. Wir stiegen aus der Kutsche und Thea führte uns durch das hohe Gras direkt auf eine kleine

Baumgruppe zu. Ich ahnte, dass dieser Oliver sein Haus womöglich dahinter versteckt hatte, denn die weiß blühenden Büsche zwischen den Buchen boten einen optimalen Sichtschutz. Mit jedem Schritt, den wir näher kamen, wurde Wasserrauschen lauter und eindeutiger. Tatsächlich verbarg sich hinter den Bäumen ein Haus. Der Anblick verschlug mir den Atem, denn es war kein gewöhnliches Haus, sondern eine kleine Mühle aus roten Backsteinen, deren hölzernes Mühlrad in dem wilden Bach plätscherte, der daran vorbeiführte. Der Schornstein wurde von einem riesigen Storchennest geziert und neben dem Haus graste ein kleiner Esel mit hellem Fell. Überall um das Gebäude herum standen meterhohe Sonnenblumen in den verschiedensten Gelb-, Orange- und Rottönen. Ich fand diesen wunderschönen Anblick erst sehr irritierend, denn normalerweise wuchsen im Frühling keine Sonnenblumen, doch hatte ich vergessen, dass wir hier nicht in der Welt waren, die ich kannte.

Wir näherten uns dem Haus und der Esel schrie. Die Tür der Mühle flog auf und ein Mann mittleren Alters kam herausstolziert. Auf seinem Kopf saß ein Hut mit einer bunten Feder. Das musste dann wohl dieser Oliver sein.

»Thea, du alte Ziege, was verschafft mir die Ehre?«, begrüßte er sie mit tiefer Stimme, ohne Flynn und mich auch nur eines Blickes zu würdigen.

»Ich weiß, du tust es nicht mehr, und ich würde dich auch nicht darum bitten, wenn es nicht von äußerster Dringlichkeit wäre, mein Freund, aber ich brauche dich als Boten«, konfrontierte ihn Thea, ohne lange zu zögern.

Abwehrend hob er seine Hände. »Kommt absolut nicht infrage. Du kennst meine Einstellung dazu«, sagte er nun deutlich weniger freundlich.

»Wie gesagt, wäre es kein Notfall dieses Ausmaßes, würde ich damit nicht zu dir kommen, aber ich kenne keine alternative Lösung.«

»Thea, nein.« Die Wärme, die eben noch in seiner Tonlage mitgeschwungen hatte, war verschwunden.

»Lass mich dir die Situation erklären, womöglich fällt dir ja etwas dazu ein.«

Er grummelte vor sich hin und bedeutete uns widerwillig, ihm zu folgen. Seltsamer Vogel, dieser Mann. Er führte uns auf die andere Seite des Hauses, durch einen üppigen Rosenbogen hindurch in einen kleinen eingezäunten Garten voller Blumen, in deren Mitte ein robuster Holztisch mit zwei Bänken stand. Wir setzten uns und Thea erzählte ihm von Hendrik. Bei der Erwähnung, dass es sich hierbei um Flynns Vater handelte, glitt Olivers Blick zu ihm hinüber und er musterte ihn kritisch.

»Du bist also auch einer aus dem Wasserreich?«, fragte er.

»Sie auch?«

»Nicht ganz so wie du. Ich besitze die Gabe nicht, aber meine Familie lebte unter der Herrschaft des letzten Wasserkönigs. Viele sind damals bei der Aufspaltung der Welten einfach mit in eine der anderen gewandert. Aber du, mein Junge, bist sehr wahrscheinlich, neben Hendrik natürlich, der Einzige, der diese Gabe trägt und noch von der ursprünglichen Wassermagierfamilie abstammt. Daher bist du auch der Einzige, der tatsächlich etwas gegen ihn bewirken kann, vermute ich.«

»So etwas in diese Richtung sagte Thea auch.«

»Jedenfalls, Oliver, wäre es daher wichtig, Aodhan und Ariana zu kontaktieren und sie um Hilfe zu bitten. Wir können nicht zulassen, dass Hendrik eine ganze Welt voller Wassergeister regiert, dass er all die Menschen, die dort leben, mit in dieses Unglück stürzt.« Thea lenkte das Gespräch wieder auf ihr eigentliches Vorhaben.

»Woher wissen wir denn, dass er hier nicht ebenfalls so ein Spinner ist? Diese Eigenschaft zieht sich ja durch die Familie.« Er deutete auf Flynn.

»Du hast die falsche Einstellung, du darfst nicht immer sofort vom Schlimmsten ausgehen. Gib ihm eine Chance, ich habe ein gutes Gefühl bei der Sache.«

»Thea, du verlangst von mir, dass ich mein Leben riskiere. Wieso fragst du nicht einen deiner anderen Springer?«

»Weil du mein bester bist und dieser Auftrag von äußerster Wichtigkeit. Die Nachrichten müssen so schnell wie möglich ankommen, uns bleibt nicht viel Zeit.«

»Moment, wieso riskierst du damit dein Leben? Ich dachte, du musst nur durch ein Portal und wüsstest den Weg«, warf ich verblüfft ein.

»Nein, so einfach ist das nicht.« Er bog den Blütenkopf der Dahlie neben sich so, dass er daran riechen konnte, und machte keine Anstalten, seine Antwort auszubauen, also setzte Thea fort:

»In jeder Welt gibt er verschiedene Portale, manche von ihnen sind für den Weltenwechsel bestimmt und andere nur für Reisen innerhalb einer Welt. Die Portale in dem alten Haus bei euch sind die ursprünglichen Eingangstore. Diese sind standortfixiert. Tritt man hindurch, landet man immer am selben Ort. Dann gibt es wiederum welche, bei denen die Gedankenkraft eine große Rolle spielt, du landest an dem Ort, den du dir beim Hindurchtreten vorstellst, besser gesagt bei dem Portal, welches dem Ort am nächsten ist. So wie das in der Burg, durch das ich euch damals nach Hause geschickt habe. Und dann gibt es noch fixierte Portale, die den Weg zum Königsschloss beschreiben. Man springt von Portal zu Portal, in der richtigen Reihenfolge, bis man irgendwann die Hauptstadt erreicht hat. Diese Abfolge muss man kennen und auch die Gefahren, die damit verbunden sind. Manche von uns haben die Orte, an denen sie liegen, mit diversen Schutzvorrichtungen ausgestattet, deren Existenz nur unseren Springern bekannt ist, um sich durch diese Portale nicht angreifbar zu machen. Und genau diese Hürden machen sie so gefährlich, doch es ist nun mal der schnellste Weg, alle zu erreichen.«

»Schutz, wovor denn?«, sprach Flynn die Frage aus, die auch mir durch den Kopf ging.

»Das ist ein anderes Thema, dafür haben wir im Moment keine Zeit, aber ihr werdet es schon noch früh genug erfahren.«

»Wieso konnten wir dann so einfach in deinem Schlossteich landen? Du sagtest doch gerade, die Wege in die Königreiche seien fixiert und geschützt?« Ich war ein wenig verwirrt.

»Ich ahnte euer Kommen und wollte euch den Weg zu mir so einfach wie möglich machen. Darum habe ich mein Portal geöffnet, die Schutzvorrichtungen ausgesetzt und ein paar Wachen in der Nähe zur Beobachtung platziert.«

So viel hätte schiefgehen können und wir hatten keine Ahnung gehabt. Thea redete noch eine Weile auf Oliver ein. Aus dem Gespräch ließ sich heraushören, dass er der Sache seit dem Tod einer ihm sehr nahestehenden Person den Rücken gekehrt hatte. Ich fragte mich, ob die Rede hier von seiner Frau war. Ich konnte es nur erahnen, das Nachfragen kam mir unangebracht vor. War sie auch eine Springerin gewesen? War sie deswegen tot? Nein, stopp. Ich wusste gar nicht, ob es um seine Frau ging, ob er überhaupt eine gehabt hatte oder immer noch hatte. Die Gedankenspirale führte zu nichts, sie basierte bloß auf haltlosen Vermutungen. Es stand mir nicht zu.

Oliver willigte letzten Endes ein und versprach, noch heute aufzubrechen. Wir verabschiedeten uns und machten uns auf den Weg zurück zur Kutsche.

»Ich werde nicht mit euch fahren. Habe noch etwas zu erledigen«, sagte Thea, als wir die Kutsche erreichten.

Der Kutscher ging auf eines der Pferde zu, die abgespannt auf der Wiese grasten, und brachte es zusammen mit einem Holzschemel zu Thea. Diesen brauchte sie offensichtlich, um es überhaupt irgendwie auf das hohe Tier zu schaffen.

»Eine Frage hätte ich noch«, sagte ich. »Es hieß, das einzig Magische in unserer Welt wären die Wassergeister in den Gewässern, in denen die Wassermagierfamilie einst ums Leben kam. Aber wieso gibt es dort dann auch Portale, abgesehen von den Eintrittsportalen, meine ich.«

Ein amüsiertes Grinsen umspielte Theas Lippen. »Die gibt es gar nicht. Das war Flynns Werk. Er konnte mit der Kraft des Wassers ein temporäres Portal erschaffen.«

»Was? Ich war das?« Flynn war mindestens genauso erstaunt wie ich.

Sie nickte und kletterte auf die schwarze Schönheit.

»Du hast noch einiges über deine Gabe zu lernen, Flynn. Im Moment kontrolliert sie dich, dein Ziel sollte sein, den Spieß umzudrehen.«

Der Himmel hatte sich mittlerweile in ein orange-rotes Farbspektakel verwandelt und Thea ritt davon. Ich war irritiert von der Wendung, die diese Situation genommen hatte, beließ es aber dabei und nahm mir nicht die Zeit, mir den Kopf über diese Erledigung zu zerbrechen, die plötzlich so dringend war.

Der Kutscher hielt uns wie bei der Hinfahrt die Tür auf und schloss sie hinter Flynn, als dieser nach mir einstieg. Die Kutsche ruckelte ordentlich. Womöglich bildete ich es mir bloß ein, doch als Thea mit in der Kutsche gesessen hatte, war mir die Fahrt sanfter vorgekommen. Der Kutscher jagte uns mit einem so hohen Tempo in die nächste Kurve, dass ich den Halt verlor und mit voller Wucht auf Flynns Seite rutschte. Unsere Körper wurden aneinandergepresst, bevor auch nur einer von uns reagieren konnte. Ich wollte mich wieder aufrichten, mich von ihm lösen, doch irgendetwas hielt mich davon ab. Ein vertrautes Gefühl blitzte in mir auf und ich wollte es festhalten. Das Gefühl, mich fallen lassen zu können, mit meinen Sorgen und Ängsten nicht allein sein zu müssen, das Gefühl, mich in seine Arme werfen zu können, und alles wäre gut.

Flynn bemerkte mein Zögern und hob mein Kinn mit seiner Hand ein wenig an, gerade so, dass er mir gut in die Augen sehen konnte. Er war meine erste große Liebe gewesen, er hatte mir das Herz gebrochen und ich hatte es nicht geschafft, es zu heilen. Und nun? Nun war er wieder hier und sagt mir, er habe nie aufgehört, mich zu lieben. Sein Atem streifte mein Gesicht, so nah waren wir uns.

Der Wunsch, ihn zu küssen, überrumpelte mich. Ich wollte gegen diesen Kuss ankämpfen, wollte ihn verhindern, nicht nachgeben, nicht schwach sein, die Vergangenheit nicht aufleben lassen. Doch noch viel mehr, als ich das alles nicht wollte, sehnte ich mich nach eben genau diesem Kuss, sehnte ich mich nach Flynn. Ich hob meinen Kopf, sodass wir auf Augenhöhe waren, führte meine Hand in seinen Nacken und küsste ihn. Anstatt den Kuss zu erwidern, stoppte er mich, wich zurück und bedachte mich mit einem Blick unendlicher Traurigkeit.

»Liv, bist du sicher?« Seine Stimme war nur ein Hauch.

Ich nickte. Zu mehr war ich nicht imstande, aber es reichte ihm aus. Im nächsten Moment erwiderte er den Kuss stürmisch und voller Leidenschaft. Es war, als würde man nach einer langen Reise endlich wieder zu Hause ankommen. Eine Last, von der mir nicht einmal bewusst gewesen war, sie immer noch zu tragen, fiel von mir ab, und ich fühlte mich erleichtert. So erleichtert, dass ich meine Tränen nicht mehr zurückhalten konnte.

Er löste sich von mir und sah mich besorgt an.

»Tut mir leid.« Hastig wischte ich mir über die Wangen. »Es ist nur alles so schrecklich.« Ein weiteres Schloss in mir wurde geknackt und der Staudamm, hinter dem sich all meine Tränen der letzten Stunden angesammelt hatten, brach.

Er nahm meinen Kopf und drückte ihn an seine Brust, seinen zweiten Arm hatte er um meinen Körper geschlungen. Ich weinte wegen Flynn und ich weinte wegen meiner Mutter, wegen Freya und all den anderen Dorfbewohnern und wegen der verlorenen Vorstellung einer Zukunft, die es nie geben würde. Hemmungslos schluchzte ich und er fiel mit ein.

Die restliche Kutschfahrt verblieben wir in dieser Umarmung und spendeten uns Trost mit dem Bewusstsein, dass die Mauer zwischen uns ein kleines bisschen eingestürzt war und dass das, was dahinter verborgen lag, aussah, als wäre es Liebe. Unsere Liebe.

26.
Hoffnung
Adam

Wir wurden bereits erwartet. Aber weder Thea noch Livia oder Flynn waren hier. Eine Dienstmagd zeigte uns unsere Zimmer und brachte uns etwas Trockenes zum Anziehen. Es hieß, wir sollen ruhig schlafen, denn die anderen würden erst spät zurückkommen. Ruhig schlafen. Beinahe hätte ich laut gelacht. Ruhe gab es in mir nicht mehr, denn es war nur eine Frage der Zeit, bis ich zum Mörder werden würde.

Der Drang, sie zu töten, wurde immer heftiger. Der Zeitpunkt, an dem ich Livia wiedersehen würde, kam näher. Wach lag ich im Bett und starrte an die Decke über mir. Gerda lag im Zimmer nebenan und ich vermutete stark, dass sie bereits schlief. Die Müdigkeit, die sich in den letzten Tagen bei ihr aufgestaut hatte, war nicht zu übersehen gewesen. Es überraschte mich, wie fit ich mich im Gegensatz zu ihr fühlte. Ich hatte Angst, fürchterliche Angst. Wie ich diesen Fluch stoppen konnte, hatte ich noch immer nicht herausgefunden und mir blieb nicht mehr viel Zeit. Sobald Livia hier eintraf, war Gerdas Zeit abgelaufen. Beim Verabschieden für die Nacht wollte ich ihr sagen, sie sollte die Tür gut von innen verschließen, ich wollte sie zum millionsten Mal vor mir warnen, aber wieder einmal war kein Ton davon über meine Lippen gekommen, wieder einmal hatte mir mein Körper nicht gehorcht. Wie konnte ich mich ausschalten, ohne mich bewegen zu müssen? Gab es tödliche Gedanken? Eine Art Gedankencode? Wohl eher nicht. Aber ich wünschte es mir. Mit aller Gewalt zwang ich meinen Körper, sich zu bewegen, gegen diese Lähmung anzukämpfen, mich zu dem geöffneten Fenster zu schleppen und hinabzustürzen. Wollte mein Gehirn mit meinen Gedanken zerquetschen, aber – welche Überraschung – es funktionierte natürlich nicht. Auch diese unendlichen Qualen würden mir den Tod nicht schenken. Egal wie sehr mein Herz schmerzte, Hendriks Fluch würde es verhindern.

Eigentlich war ich bereits tot, ich hatte keinen Körper mehr. Einzig mein Geist war noch gefangen in dieser ferngesteuerten Hülle. Ich hoffte, sie waren stärker als ich, ich hoffte, sie würden mich zu Max schicken, ehe ich ihnen zuvorkommen konnte. Es war der einzige Weg, nicht zum Mörder zu werden.

Beim Gedanken daran, meinen Bruder wiederzusehen, stahl sich ein Lächeln auf mein Gesicht. Es erstarrte in dem Moment, in dem sich Hufgeklapper näherte. Es war so weit. Die Kutsche mit Livia und Flynn rollte in den Hof.

Ich sprang aus dem Bett und eilte zum Fenster, um nachzusehen, ob es nicht doch jemand anderes war. Aber nein. Flynn war bereits aus dem Wagen gesprungen und hielt Livia die Hand entgegen. Zu meiner Überraschung griff sie danach und hüpfte aus der Kutsche. Sie wirkte viel entspannter im Umgang mit ihm als bisher. So, als hätte sich zwischen ihnen etwas verändert. Ein Hauch von Eifersucht wehte über mein Herz hinweg.

Doch dafür war keine Zeit. Der Schalter wurde umgelegt. Ich musste Gerda töten. Sie hatte ihren Zweck erfüllt und mich zu Livia und Flynn gebracht. Für Hendrik war sie nun nichts weiter als eine Plage.

Meine Füße bewegten sich in Richtung Tür und ich musste mit. Meine Hände öffneten sie und ich musste es ertragen. Leise schlich ich hinüber zu Gerdas Zimmer. Alles in mir schrie, ich müsse sie töten, alles in mir – bis auf meinen Geist. Leise drückten meine Hände die Klinke hinunter und meine Ohren lauschten, ob sie noch wach war, doch man hörte nichts. Ich wusste nicht einmal, wie es geschehen sollte, ich wusste nicht, was mein Körper vorhatte, das machte die Situation umso schlimmer.

Sie lag im Bett und schlief, so wie ich es erwartet hatte. Ich näherte mich ihr. Meine Bewegungen waren voller Ruhe und Gelassenheit, langsam und präzise, doch in mir tobte ein Sturm voller Panik und Verzweiflung. Ich konnte es nicht verhindern, ich weinte und ich schrie, doch das Einzige, das davon an die Außenwelt gelangte, waren meine Tränen, die mich erschreckten, als sie heiß über meine Wangen liefen. Das funktionierte also, Tränen konnte er nicht kontrollieren. Doch das half mir auch nicht. Ich stand neben ihrem Bett und sah auf sie hinab. Ihr Köper hob und senkte sich in gleichmäßigem Rhythmus. Sie sah so ruhig und zufrieden aus, so verletzlich. Und ich musste das Monster sein.

Der Moment war gekommen und meine Arme streckten sich nach ihr aus.

»Bitte wach auf! Wach auf, Gerda! Bitte!«, flehte ich sie in meinem Kopf an.

Ruckartig schossen meine Hände das letzte Stückchen, das noch gefehlt hatte, vor und schlossen sich um ihren zarten Hals. Panisch schreckte sie aus dem Schlaf hoch, wollte schreien, doch ich drückte fester zu und ihr Schrei endete in einem Röcheln. Ich wollte fortsehen, konnte den Anblick nicht ertragen. Ihre angsterfüllten Augen, der Gesichtsausdruck, als sie erkannte, wer ihr Mörder war. Sie schlug mit aller Kraft um sich, versuchte, meine Hände abzuwehren, und ich betete, sie würde es schaffen, mich zu überwältigen. Versuchte, weniger Kraft aufzubringen, aufzuhören, um Hilfe zu rufen, alles vergebens. Es blieben mir einzig und allein die Tränen, die auf sie hinabtropften.

Es gelang ihr, mich so fest zu treten, dass ich vor Schmerz meinen Griff für einen Moment lockerte. Sie stieß mich fort und schrie. Hoffnung, sie könnte es doch noch schaffen, keimte in mir auf. Hoffentlich hörte jemand ihre Schreie und kam ihr zu Hilfe. Sie trat weiter zu und wollte sich aufrichten. Aber ich sprang auf das Bett und setzte mich auf sie, klemmte dabei ihre Arme an ihren Körper und drückte sie nach unten. Sie hatte keine Chance. Ihre Kraft reichte nicht aus. Meine Hände gingen wieder an ihren Hals und mein Griff verstärkte sich. Ihre Kräfte neigten sich dem Ende entgegen. Ihr Widerstand wurde schwächer. Aber ihre Augen waren fest auf mich gerichtet.

»Hendrik«, krächzte sie, mühsam und leise.

Sie wusste es. Sie wusste, es war nicht ich, der da handelte. Es verschaffte mir Erleichterung, änderte aber nichts an diesem Schmerz, an diesem Drang, mich nur mit Gedankenkraft ausschalten zu wollen, nur damit es endlich aufhörte. Rechtzeitig aufhörte. Sie durfte nicht sterben, ich durfte sie nicht töten. Aber ich war gefangen, gefangen in der Hölle. Alles, was ich fühlte, war Ekel und Abscheu mir selbst gegenüber. Wie sollte ich jemals damit klarkommen, ein Leben genommen zu haben, all ihre Zukunftsvorstellungen zerstört zu haben. Ihr Traum von einem Gewürzladen zerplatzte und ich war schuld daran. Die letzte Kraft wich aus ihr.

Die Tür flog auf und knallte gegen die Zimmerwand. Es war Livia. Ihr Blick fiel auf Gerda.

»Adam, was ist passiert? Ich habe Schreie gehört!«, rief sie und rannte auf uns zu.

Erst da begriff sie. Sie sah meine Hände um Gerdas Hals, sah, wie ich ihren leblosen Körper unter meinem gefesselt hielt. Mitten in der Bewegung erstarrte sie, ihr Anblick brach mir das Herz. Aber mir blieb keine Zeit, mich meinen Gefühlen hinzugeben, denn im nächsten Augenblick sprang ich auch schon vom Bett auf und raste auf Livia zu. Sie war die Nächste auf meiner einprogrammierten Aufgabenliste. Keine Zeit für Gefühle, die nicht Panik, Verzweiflung, Abscheu oder das Verlangen zu sterben darstellten. Immer noch stand sie reglos da. Mühelos packte ich sie und warf sie zu Boden. Mit einem dumpfen Knall schlug ihr Kopf hart auf, doch sie blieb bei Bewusstsein. Sie verpasste mir einen Tritt nach dem anderen, aber das stoppe mich diesmal nicht. Leider. Meine Hände flogen an ihren Hals.

»Nein, nein, das darf nicht wahr sein, das darf nicht geschehen! Verdammt, Flynn, wo steckst du?«

Wie ein Wilder kam er ins Zimmer gestürmt, erkannte die Situation und warf sich auf mich, stieß mich fort von ihr und wir rollten über den Boden. Ich hatte sie nicht getötet. Sie war am Leben. Gedanken der Erleichterung durchfluteten mein Gehirn und ich kassierte mit Freude Flynns Schläge. Jeder Schlag war ein kleiner Sieg gegenüber Hendrik, jeder Schlag hinderte mich daran, noch weiter das Monster sein zu müssen. Seine Faust traf mich erneut. Noch einmal und noch einmal. So lange, bis mir endlich schwarz vor Augen wurde.

Als ich wieder zu mir kam, war es dunkel um mich herum, bis auf den schwachen Kerzenschein auf der anderen Seite der Gitterstäbe, die mich umgaben. Stroh stach mir in den Rücken und ich realisierte, dass ich nicht gestorben war. Stattdessen saß ich hinter Gittern. Das war auch besser so. Endlich wussten sie Bescheid, wussten, dass sie mir nicht mehr vertrauen konnten, dass ich nun der Feind war. Ich fühlte mich ein kleines Stückchen besser, nicht mehr so hinterhältig, nicht mehr so gefährlich.

Das Knarren einer Tür hallte im Gang vor meiner Zelle wider, gefolgt von Schritten. Im nächsten Moment stand Thea vor mir und bedachte mich mit traurigem Blick.

»Du bist also endlich wach«, sagte sie.

»Wie geht es Gerda? Hat sie überlebt?«, war das Erste, das ich sagte, auch wenn ich die Antwort darauf bereits kannte. Natürlich hatte sie nicht überlebt.

Thea schüttelte zur Bestätigung den Kopf und der letzte Funke Hoffnung zerfiel in mir. Mit zitternder Stimme stellte ich die zweite Frage, vor deren Antwort ich mich fürchtete. »Und Livia?« Kaum hatte ich die Worte ausgesprochen, überkamen mich auch schon heftige Schluchzer und transportierten all mein Leid nach außen.

»Livia und Flynn geht es gut.« Sie machte eine Pause, ehe sie fortfuhr: »Adam, es war nicht deine Schuld, die anderen wissen das auch. Du darfst nicht verzweifeln. Es gibt noch Hoffnung für dich.«

Hoffnung.

Triggerwarnung:

Dieses Buch enthält potenziell triggernde Inhalte.

Diese sind:

Tod eines Kleinkindes, Selbstmordgedanken

Über die Autorin:

Theresa Pendelin wurde 2000 in Oberösterreich geboren. Von klein auf schlägt ihr Herz für fantasievolle Liebesgeschichten und ausgedehnte Spaziergänge durch märchenhafte Landschaften. Mit Das Schicksal der Wassergeister veröffentlicht sie ihren ersten eigenen Fantasy-Roman.

Instagram: theresapendelin

Printed in Poland
by Amazon Fulfillment
Poland Sp. z o.o., Wrocław

28551830R00151